eromanga sensei
情色漫畫老師
10
伏見つかさ
插畫◆かんざきひろ
千壽村征與戀愛的校慶
Kadokawa Fantastic Novels
U0025974

contents

第一章 11
第二章 63
第三章 135
第四章 195
終章 261

eromanga sensei 10

Senjyu Muramasa to koi no bunkasai

Muramasa Senjyu

情色漫畫老師

千壽村征與戀愛的校慶

Eromanga Sensei Characters

情色漫畫老師登場角色

Masamune Izumi 和泉正宗

一邊去高中上學一邊進行小說家的工作。筆名是和泉征宗。有個家裡蹲的妹妹。

Sagiri Izumi 和泉紗霧

跟正宗沒有血緣關係的妹妹。雖然是個重度的家裡蹲，但目前以情色漫畫老師這個筆名從事插畫家的工作。喜歡畫色色的圖。

和泉家的鄰居。隸屬於與正宗不同的出版社，活躍中的超暢銷作家，自稱大小說家。

Elf Yamada 山田妖精（筆名）

Mu

與正宗在
年輕前輩
書迷，連
網路小說

紗霧的同
強的超級

Megun
神

正宗的
店員。

正宗
雖然
作品，
點可

Ay
Kagu
神樂

eromanga sensei

情色漫畫老師

千壽村征與戀愛的校慶

伏見つかさ

插畫◆かんざきひろ

10

Kadokawa Fantastic Novels

情色漫畫老師
ero manga sensei
第一章

第一章

我是和泉正宗，十六歲的高中二年級生。
是名一邊上學一邊撰寫輕小說的兼職作家。
筆名是和泉征宗。
由於各種緣故，從兩年前開始跟家裡蹲的妹妹一起生活。
而這樣的生活發生重大變化，是一年前的事情。
我得知妹妹「瞞著我的祕密」。
為我的小說繪製插畫的插畫家「情色漫畫老師」。
這個人就是我的妹妹——和泉紗霧。

接下來發生種種狀況後——

現在是九月。
我們兄妹推出的作品《世界上最可愛的妹妹》正在進行動畫化企畫。
『把紗霧從房間裡帶出來，一起並肩觀賞兩人作品的動畫。』
我們的這個夢想正逐漸實現。

eromanga sensei

距離播放還有大約七個月。

這是夢想很緩慢……但一步步具體地——變換為現實的日子。

藉由自己的雙手，讓夢想轉變為現實的作業。

忙碌但充實的每一天。

哎呀……

忘記講最重要的事情。

我跟紗霧成為戀人……然後，正式訂下婚約了。

「…………哎嘿嘿。」

坐在客廳的沙發上，紗霧注視著訂婚戒指微笑。

我從略遠的位置眺望這個情景，打從心底實際體會到——

我一直想要的幸福就是這個。

其實，我原本是打算等到夢想實現後再向她求婚。

但這實在沒辦法像輕小說的大綱一樣，完全按照計畫來進行。

不過，我原本就幾乎不曾讓故事按照大綱一路發展下去就是了。

用輕小說作家的風格來講，就是把結局後要留給終章的重大劇情提前拿出來用的感覺。如果

第一章

這是部戀愛喜劇輕小說，動筆描寫我的作者應該感到很為難。

會覺得……接下來該寫什麼才好呢？

哈哈……不過，嗯嗯。

這不關我的事。

沒有問題，也無所謂。萬事順利，一切美好。

畢竟紗霧在我的身旁，看起來很幸福。

只要這樣就夠了。

我的人生裡沒有所謂的作者。就算有，我也不會照他的想法行動。

說得也是……如果由我自己來撰寫這段故事的後續——

接下來絕對不會是部充滿波濤起伏，有趣又古怪的戀愛喜劇輕小說。

沒錯，我所追求的——

只是一段能讓紗霧獲得幸福的故事。

暑假結束……

這是距離《世界上最可愛的妹妹》開始播放，大約只剩七個月的某一天。

「我回來了～」

當我從學校回到家裡，紗霧立刻從客廳跑出來——

「哥哥，歡迎回家！」

往這邊飛撲過來。

「哎呀……」

我緊緊抱住未婚妻嬌小又柔軟的身體。

再次說聲「紗霧，我回來了」。

「嘿嘿～」

紗霧在我懷裡開心地笑著。

甘甜的髮香飄來，讓我感到小鹿亂撞。

「幹嘛？」

「沒事！」

「是喔。」

我當場把紗霧放下。雖然覺得很可惜，但這樣子沒辦法進家裡。

這時，她從帽T的口袋裡拿出一張紙，然後遞給我。

「哥哥，這個給你。」

「嗯？」

這是什麼……？不在家通知單？

從通販網站寄來的《幻想妖刀傳》的小燕人物模型？

「唔哇，妳又裝作不在家了嗎！這樣宅配的大哥哥很可憐耶！」

「因為人家又沒辦法出來應門。」

「是那樣沒錯啦……」

要說沒辦法的話，的確是沒辦法。

就像這樣，紗霧的「家裡蹲」症狀雖然改善了不少，但依然無法走到玄關外頭。雖然之前有因為緊急狀況而衝到外面……

不過，那似乎真的是「危急時發揮出來的力量」。

我在家的時候，她已經可以下來到一樓，最近也都能兄妹一起用餐。跟之前比起來，有顯著的進步——

所以暫且滿足於此吧。

對現在的紗霧來說，這是極限了。

不要著急，一步步走下去。

畢竟紗霧自己說過，「總有一天想去上學」。

「所以，哥哥——麻煩你打通電話請對方再送來。」

「……這樣很尷尬耶，那個大哥哥一定有發現妳其實在家。」

「要在明天傍晚哥哥在家時送到喔，因為我沒辦法取件。」

「好啦好啦，知道啦。」

我帶著紗霧走進客廳裡。直到不久之前為止，我的行動模式都是回家後直接走進自己房間，但是最近很常在客廳度過。

——跟未婚妻一起。

我把書包放在沙發上。

「紗霧，妳今天有做些什麼嗎？」

「嗯～很多啊。我畫了新角色的草稿。」

「喔，我看看。」

「……想看嗎？咦咦～該不該給你看呢～」

「我好想看，給我看嘛。」

「——好啊。來，就是這個。」

「喔喔喔～～很讚耶！超可愛！好像會想出新的橋段！」

「真的嗎？那我趕快把它完成吧。」

「哈哈哈，不用那麼著急啦——啊，對了。紗霧，我換個衣服後會去買東西，有什麼想吃的嗎？」

「……我想吃哥哥想吃的。」

雖然有點晚說……但成了我未婚妻的紗霧對我的稱呼，又從「正宗」變回「哥哥」了。因為已經喊習慣了。

雖然能理解她的心情，對我而言也覺得這樣叫比較不會害躁……

可是……如果結婚後她還繼續叫我哥哥的話，該怎麼辦……

不是啦！以我個人來講是非常歡迎，應該說會超興奮……

就是會想發出「嗚喔喔喔喔喔喔喔！」的感覺！

可是周圍的人看待新郎的眼神會很冷淡吧。

——征宗你啊，竟然讓太太叫自己為「哥哥」……？

——嗚噁噁……這也太噁心了……沒想到妹控到這種地步。

不知道會被妖精他們講成怎麼樣。

啊，話題偏離太多了。

「『想吃哥哥想吃的』？是……要煮我喜歡吃的東西嗎？」

「對……我們不是說好了嗎？說要教我煮飯。」

「啊……」

我有說過這樣的話呢。

「那今天一起煮飯吧——煮我喜歡吃的東西。」

「嗯！嘿嘿……跟哥哥一起煮飯……今天說不定會變成一個紀念日。」

最近我們都是這樣的感覺。

非常幸福──過著不像是戀愛喜劇的日常。

順帶一提，之後買來我最喜歡的「大蒜韭菜鍋」的材料後，紗霧露出很微妙的表情。

為何啊……

就在和泉家舉辦兄妹鍋派對的隔天──星期天。

我的智慧型手機一大清早就接到了電話。

是從村征學姊家的室內電話打來的。

──千壽村征，本名梅園花──我當然會認為是偉大的學姊打電話過來，用非常輕鬆的心情接起電話。

「村征學姊？怎麼了嗎？」

可是，電話裡傳來的卻不是村征學姊的聲音。

『是我。』

而是渾厚低沉的男性聲音。

「咦……？請、請問是哪位？」

『我叫梅園麟太郎……請問這是和泉征宗老師的手機嗎？』

「————————」

這讓我說不出話來。嚥了一口口水後搖搖陷入混亂的腦袋。

然後終於了解到目前的狀況。

咦咦咦咦～～～～～～！我害怕到無法動彈。

要問為什麼的話，因為梅園麟太郎是千壽村征學姊的父親，也是時代小說的權威——「梅園麟太郎」本人。

「梅、梅園老師！許、許許許、許久未曾問候您了！」

『哼，我沒有理由被你稱為老師。』

「那、那麼！村征學姊的……父親。」

『啊？岳父？』（註：日文的岳父與父親同音）

「字不一樣啦！」

這光是聽語氣就知道了！

『我沒道理被你叫岳父，不管是什麼字都一樣——用別的稱呼吧，叫梅園先生或是麟太郎先生，不然叫小麟也可以。』

要我叫小麟也太痛苦了。

「……梅園先生，請問找我有什麼事情嗎？」

『我有非常重要的事情——現在立刻到這邊來。』

這邊是指……位於千葉的梅園家宅邸吧……很遠耶。

「…………現、現在過去嗎？」

『現在過來。』

「那個，我現在非常忙……」

『我很清楚這一點才講的，你現在立刻過來。』

這句話有股不容分說的感覺，我半放棄地詢問：

「……我明白了，不過可以問一個問題嗎？」

『什麼？』

「……你在生氣嗎？」

『暴怒狀態。』

「果然！我超不想去！」

『少說廢話，馬上給我過來！』

「是！我現在立刻過去！」

就這樣。

我被憤怒的大作家叫去，前往千葉的內地。

幾小時後，我來到千葉縣某處的梅園家。

第一章

這棟武家宅邸座落在古色古香的街道裡。

我站在連電鈴都沒有的大門前。

——說真的，這樣是要送宅配的人怎麼辦啊？

我懷抱著跟以前相同的感想……

「打擾了——！」

並向門口大喊。可以的話，希望是村征學姊走出來……

稍等一會兒，大門開啟……跟我的希望相反，一名身穿和服的男性現身。

有著皺紋的嚴峻容貌，加上銳利的眼神。這位外表看不出年齡的人，就是梅園麟太郎。

他是村征學姊的父親，也是把我叫出來的人。

他抱著雙臂，瞪了我一眼後，揚起下顎。

「進來。」

之後轉身走去。我感到困惑，但還是跟在他後頭走進屋裡。

我被帶到跟以前相同的客廳。

「坐下。」

「好、好的……」

我跟麟太郎先生面對面跪坐著。

雖然沒有棋盤，但彷彿像要開始下將棋一樣。

也沒有要端茶出來的意思。

這也是當然……畢竟他剛才說自己是「暴怒狀態」嘛……

眼前這位恐怖大叔因為某種理由，對我感到憤怒……於是特地把我叫到這種地方來。

當然，我完全想不到惹他生氣的原因。

希望是這位大叔誤會了之類的……

唉，話說回來，這種緊張感讓房間裡的氣氛緊繃，光是坐在這邊就讓神經受到磨耗，胃也開始痛起來。

「請、請問……」

我無法忍受沉默，開口詢問。

「那個……村征學姊她今天……？」

「早上有事情去編輯部了。所以我才會選在這個時候叫你來，因為我不打算讓她跟你見面。」

「是、是這樣啊……」

不打算讓村征學姊跟我見面……？

哼嗯，總覺得把我叫出來的理由……似乎跟村征學姊有關係。

話說，學姊去編輯部做什麼？那個人雖然會寫小說，但怎麼想都不覺得她會有跑去開會討論這類的行為……這麼說來，以前打電話給神樂坂小姐時，她曾經說村征學姊在編輯部——然後把

電話拿給學姊。

當時我問說是在開會討論嗎？但被她隨便矇混過去……

村征學姊是為了「除了開會以外的事情」，去找過神樂坂小姐好幾次嗎……？是為了什麼？

這時——當我正在思考這些事情來逃避現實時，眼前的麟太郎先生刻意發出「咳咳」的乾咳聲。

我嚇得震了一大下，慌忙端正坐姿。

「那麼，關於我特地把你叫來的理由……」

看來要進入正題了。

「小花她開始撰寫新的小說了，這件事你知道嗎？」

他說的「小花」就是村征學姊。

「咦？沒、沒有……這是我第一次聽說。」

「這樣啊，我也是昨天晚上才知道。昨晚——菖蒲小妹——不對，女兒的責任編輯神樂坂小姐打電話過來，說想要出版千壽村征一部『絕對會超級暢銷』的新作小說。」

原來如此。雖說是超暢銷作家，但村征學姊畢竟還只是個國中生。

要出版作品時，必須聯絡監護人。

這跟我和紗霧一樣。

這麼說來，神樂坂小姐好像是這個人的……恩人的女兒嗎？因為有這層關係，神樂坂小姐才有機會閱讀到村征學姊出道前的原稿……好像是這樣子。

不過「絕對會超級暢銷」……雖說是千壽村征的新作，但講得真誇張。

看來神樂坂小姐非常有自信。

麟太郎先生繼續說下去：

「我回覆她『如果不知道內容就無法判斷，立刻把原稿送過來。』」

啊，要閱讀女兒的小說得經過編輯部啊……

咚，他把整疊原稿放到桌上。

這不是村征學姊手寫的原稿。

而是用Ａ４紙張印刷出來，跟我去開會討論時相同規格的東西。由於學姊不使用電腦創作，所以是編輯部這邊用手寫原稿打成檔案吧。

「這就是稿件，是編輯部的打工小弟昨晚直接送過來的東西。」

「是、是……所以……那個……請問你閱讀過村征學姊的新作了嗎？」

「讀完了。這大概只有一百頁左右，明顯是才寫到一半的東西。」

「是什麼樣……的內容呢？」

恐怕……

這就是他憤怒的元凶，也是把我叫來的理由吧。

「回答這個問題之前，和泉征宗老師……我有件事想問你——關於女兒跟你之間的關係。」

「咦？呃……是同行的學姊學弟，也是親近的朋友。」

「只有這樣嗎？」

銳利的眼神將我貫穿。

「只、只有這樣是……」

『您女兒向我告白，被我拒絕了』這種話說不出口啊！

「……請問……你想說什麼？」

我使出苦肉計回問後，麟太郎先生以低沉又恐怖的聲音開口：

「我就直接問了……你跟我女兒該不會在交往吧？該不會已經發生過不可告人的行為？」

「不可能！」

這個大叔在講什麼鬼啊！剛才的發言就算是對男高中生講也算是性騷擾喔！

「喔，是這樣嗎？可是我有充分的理由懷疑你。和泉征宗老師……如果你有證據可以否定我的問題，可以請你出示嗎？」

「我有未婚妻了！才不會跟其他女性做出那種事情！」

「……哦？」

……奇、奇怪？當我說出「有未婚妻」的瞬間，他的眼神是不是變了？往不好的方向。

……明明主張了自己的清白，但這到底是……

受到異常的寒氣侵襲，我把智慧型手機的待機畫面拿給眼前的麟太郎先生看。

在待機畫面上的是「存在於現實中，世界上最可愛的妹妹」——紗霧的照片。

這是熱騰騰、才剛拍下來，她穿著圍裙切韭菜的超可愛照片。

「這、這就是證據！這個女孩子就是我的未婚妻……！超可愛的對不對！如、如果你還懷疑的話，我可以現在打電話過去跟她來段甜言蜜語！」

當我惱羞成怒地說完後，麟太郎先生露出「這傢伙是怎樣，噁心死了。」的表情。

「不，沒必要做到那種地步。我相信你，你有位深愛的未婚妻——這樣啊，原來如此。」

「這、這種反應……是什麼意思？」

很恐怖耶。

「順帶一提，我女兒新作小說的內容……是以國中三年級的女孩子作為主角。」

——啊，這絕對是以村征學姊自己作為範本。

「跟有未婚妻的年長男性談一段禁忌之戀的故事。」

「學姊————！」

妳寫了什麼鬼東西啦！難怪我會被懷疑！

「這、這這這這這、這是誤會！」

「我還沒全部說完喔。」

「我已經理解了！不管是梅園先生憤怒的理由！還是我被叫來這邊的理由！」

「哈哈，你很機靈真是太好了。那麼你去死吧。」

「呀啊啊啊啊！你什麼時候裝備刀了？這違反槍砲管制法！違反槍砲管制法啊！」

「當然是開玩笑的，只是模型刀而已。」

「我看得見研磨得很銳利的刀刃耶！還有你的眼神裡都沒有笑意！」

「就說是開玩笑了……在目前這個階段上。」

「請不要埋下那麼恐怖的伏筆！」

「別一直大喊，這樣我沒辦法講下去。」

於是，大作家老師用有如劍豪般的動作收刀。

接著他把怎麼看都像是真刀的模型刀放在旁邊，回到話題上。

「那麼……雖然你說『全都理解了』，不過我認為還是缺乏認知——你也讀讀這個。這樣應該就可以正確理解我的意圖了。」

「是、是喔……」

麟太郎先生把原稿遞過來，看來我似乎沒有其他選擇。

——千壽村征的小說沒有書名。

我嚥了一口口水後，開始閱讀這份原稿。

寂靜的和式房間裡，只有翻頁聲響起。

千壽村征撰寫的文章，藉由我的眼睛滲透到身體之中。

「————————」

直到閱讀完畢為止，我連一句話都無法說出口。

翻完一百頁，已經沒有可以閱讀的原稿後，我仍呆然地注視著虛空。

有如眺望著名作電影片尾時的虛脫感。

當我回過神時，先這麼詢問：

「這個……後續呢……」

「沒有，就跟你說才寫到一半而已。」

「可、可是這個，是昨晚經由編輯部送過來的東西吧？若是村征學姊，一定寫了後續——那份原稿一定在這個家裡的某處……」

「看來你覺得很有趣呢。」

「……唔！」

被說中後，我向後仰，隔了好幾秒才回答。

「是的，非常有趣。」

可說是千壽村征的新境界。

「只不過，那個……呃……這讓我內心很複雜……雖然很難形容……」

我找不到適當的話語來形容這部小說。

代替我講出最適合詞彙的人，是眼前的大作家。

「很誇張對吧？」

伴隨嘆息說出口的，是淺顯易懂到不像小說家會用的形容詞。

可是我二話不說地同意。

「對！這很誇張！太扯了！」

為什麼我會跟梅園麟太郎進行這麼愚蠢的對話呢？

可是只能這麼形容。

千壽村征的新作小說——扯到很誇張。

就只能這麼形容。這絕對不是普通的輕小說，更不是輕浮的外遇小說。

而是有如怪物的小說作品。

「…………………………………………」

「…………………………………………」

沉默暫時充滿於這個房間裡。

像是看準我的動搖稍微沉靜下來後，麟太郎先生說：

「我想再聽一點你的感想，不需要講得太委婉。暫且拋棄職業精神，變回外行的讀者，想到什麼就直接說出口看看。」

「……煽情到不行。」

先說出口的是這句話。

「……我也曾經……為了學習而閱讀過官能小說……可是，讀著讀著也跟著變得情緒高漲的文章……是有生以來第一次。沒想到那個人把過去描寫戰鬥的才能用來撰寫男女情愛的場面……會變成這樣……話說，這篇的作者，絕對是個很色的女孩子！」

「哈哈哈，作者是我女兒喔。小鬼，你想被殺掉嗎？」

「明明是你叫我不用講得太委婉的！」

「也要有個限度吧！」

「但如果不是大變態，根本無法寫出這種東西！這可是『想要躲到椅子裡，跟喜愛之人互相觸摸』等級的耶！」（註：江戶川亂步作品《人間椅子》的內容）

「雖然我無法否定，但你不要偏偏拿日本史上最強的大變態來比較！所以你覺得怎麼樣！我暴怒的理由有傳達給你了嗎！」

「傳達得非常清楚！」

差點害我流鼻血！畢竟在這本小說裡，以村征學姊為範本的主角跟以我為範本的男性心意相通，產生愛情……

然後，不斷做出無比情色的行為！

而且文筆風格還煽～～～情到極點！

明明有深愛的未婚妻——

內心的動悸停不下來。

能理解小說裡登場的混蛋花心男的感受。

不禁投入情感。

唔啊啊啊啊啊啊…………

……簡直是劇毒。

「……如果讀過這個，我想的確會完全無法相信……」

這當然會誤解。

如果我是父親，國中生女兒……寫出這種超級不健全的情色小說（而且很像真人真事），只能把那個男性大卸八塊了。

從我還活著這點看來，麟太郎先生算是很有理性了。

「我跟學姊不是像這部小說裡的那種關係。」

「這樣啊……我相信你。對你抱持的疑惑看來是場誤會。」

「咦？」

「幹嘛？覺得我不會相信你嗎？」

「……不……那個……是的。」

麟太郎先生吐出一口氣。

「女兒身為小說家的能力，我自認為掌握得很清楚。她靠想像力就可以寫出這樣的文章，看到你的反應，也能理解這是場誤會。我是為了預防萬一而進行確認，但我放心了。看來剩餘的人生可以不用在牢房裡度過了。」

「…………呼。」

我鬆了一口氣。看來……暫且不會被殺掉。

「可是。」

「可、可是？」

幹嘛啦！開口講話的時機也太壞心了吧！

是打算讓我的心臟破裂嗎？

「如果這篇小說的內容只是女兒的創作，就會產生另一個問題。」

「…………」

「這篇小說裡登場的那名男性——也就是以『你』來標示的存在，是以你來當範本吧？」

「…………………」

我的額頭滲出汗水。

「……是的。看來，是以我為範本沒錯。」

「這樣啊。嗯……這麼一來……」

這麼一來會怎樣！停在這邊很吊人胃口耶！

「……說不定應該拒絕把這部作品出版成書。」

這真的是他欲言又止的話嗎？

感覺實在不像是真心話。

總而言之，對話就這樣進行下去。

「說起來……神樂坂小姐真的打算把這東西商品化嗎？在輕小說文庫出版？要讓孩子們閱讀這部小說？」

「看來你很反對。」

這問題很難。這麼厲害的小說，我覺得如果不公諸於世很可惜。

可是……

「我的作品也是最近開始暢銷，被世人講了很多像是不健全之類的評價……但我認為這都是為了讓作品變有趣才撰寫的橋段，所以不需要去在意那些評語……」

但這作品不行吧。

無論如何都太有害了。別說是青少年，甚至連大人的戀愛觀——不，連人生觀都可能扭曲。

這作品偏離了日本人的倫理觀。

「我明白你想說些什麼。這部小說非常有趣……可是太震撼內心了。這會動搖讀者的感情，然後誘導至特定方向。產生禁斷之愛是無比美麗又美好的想法；擁有為了讓梅園花的戀愛可以開花成果，而讓其他人變節的力量。如果要刻意用不好的說法形容……就是這部小說是為了洗腦讀者而撰寫的作品。」

「洗腦……要這麼說的話，所有輕小說都是這樣。」

「商業作品都是這樣。洗腦讀者，使他們產生作者意圖之中的感想，藉此誘導行動——說難聽點就是如此。」

這位大作家老師還是老樣子，對小說很冷漠，暴露缺點的表現。

我覺得可以講得更正面點就是了。

例如說……就像我感到痛苦時，閱讀了山田妖精的輕小說而獲得救贖一樣。

也有好的影響。

像是拯救我的那部作品……

『希望讀者的心情變得開朗。』

『讓眾多讀者獲得許多歡笑。』

有這些作者（妖精）的意圖在其中。

當然也有「讓讀者繼續買下去」的商業意圖在裡頭，但她用創作的力量讓陰暗消沉的我往好的方向變節。

我不想把這說成洗腦。

「直接講結論吧。」

千壽村征這部對青少年而言有害的新作小說，是否該對外販售。

麟太郎先生這麼說：

「這部小說雖然擁有將讀者的價值觀導往不健全方向的力量，但也證明它是部有趣的作品。所以這無法成為不允許出版的理由，只要出版就毫無疑問會大賣。依照販售方式，說不定還可以得獎。」

「可、可是……」

「就算出版了，也不會發生你擔心的情況。雖然這聽起來說不定很像是把前言撤回，但區區一本小說沒有那麼強大的力量。說不定會給許多讀者的戀愛觀帶來影響，也可能在社會上造成問題，說不定還會成為傳頌於後世的知名作品。但是閱讀這部小說後，會帶來『喜歡的人』有所改變的衝擊——可能受到影響的人，只有一名。」

「……是我嗎？」

「就是你。這部小說是小花為了對你洗腦而寫的吧。」

他是刻意用不好的講法，這點我很明白。

「對象讀者是你，洗腦對象也是你。就算給其他人閱讀，效果連百分之一都不到。」

即使如此，也是充滿刺激的怪作——他說。

「因此要出版也沒有問題，雖然沒問題……」

這時候。

匡啷！拉門被打開。

「征、征宗學弟！」

出現的是身穿和服的黑髮美少女。

就是那位千壽村征學姊。本名梅園花，也是梅園麟太郎的女兒。

還有另外一位——她的責任編輯神樂坂菖蒲。

她們應該是——從編輯部一起回來的吧。

「學、學姊……？」

「……啊啊啊！那、那份原稿是……！」

村征學姊注視著我的手邊，明顯變得很不安。

至於理由連想都不用想。

她喜歡我——這是很光榮的事情。

「啊、啊啊……啊啊啊……………」

這代表對於村征學姊而言——

是「被喜歡的人，讀到自己創作的情色小說（主角範本是自己）的情景」。

她滿面通紅，「嗚哇、嗚哇哇。」地顫抖，最後……

「嗚啊啊啊啊！現在還不可以看————！」

大聲喊叫並衝進客房。

幾分鐘後。梅園家的客房裡，淚眼汪汪的村征學姊緊抱著小說原稿，像在說「絕對不交給任何人」。其他在場的只有我跟麟太郎先生而已。

至於神樂坂小姐，就先請她在別的房間等待。

「唔嗚…………唔嗚嗚……」

她警戒似的瞪著坐在周圍的我們。

這樣下去可沒完沒了，於是我戰戰兢兢地向她開口：

「那、那個……村征學姊？」

「……你看了嗎？」

「咦……？」

「這部小說……你看了嗎？」

「啊、嗯……我讀過……了。」

「嗚嗚…………」

原本已經很紅的臉龐變得更加火紅。

因為我剛剛才在閱讀以這個人為角色範本的煽情小說……

……這讓我產生奇怪的心情。以絕佳技巧描寫出來的男女情愛場面，與眼前這名臉頰發燙到很煽情的少女身影在我腦袋裡重疊。

「……咕嚕。」

看來我的表情似乎多少透露出了這種心情。

「你、你！在、在想非常不知羞恥的事情對不對！」

被她本人斥責了。

「這、這也沒辦法吧！讀了那種東西之後……！怎麼看都是以學姊為範本的女孩子跟以我為範本的男孩子……竟、竟然那樣……！」

「呀啊啊！不要說出來～～～～～～～！」

學姊依舊緊抱著原稿，伸出單手不斷揮舞。

看到這段對話，麟太郎先生說：

「喂，你竟敢在父親面前羞辱女兒，好大的膽子。」

「剛、剛才我有做錯什麼嗎！說起來，我才是被害者吧？這是前輩作家對後輩作家的性騷擾案件耶！」

「我、我還沒有打算給征宗學弟看啊！」

性騷擾的加害者揮灑淚水地辯解。

「再、再說——為什麼你會在我家！為什麼會閱讀我藏起來的小說！性、性騷擾什麼……嗚嗚～～……又不是人家自己想要這麼做的！」

完全變成自宅模式了。

總是威風凜凜的學姊不可能是在騙人吧。

待在自己家裡時，她會像這樣——強烈表現出愛撒嬌的一面……好像。

我對突然變得孩子氣的辯解感到困惑，但還是開始解釋。

「是梅園先生——學姊的父親叫我過來的。他好像懷疑我跟村征學姊之間是不是有奇怪的關係，而學姊寫的那部小說就是原因……所以也讓我閱讀……藉此了解狀況……然後我正在向他說明不是這麼一回事。」

「爸爸！」

學姊立刻把攻擊目標轉向麟太郎先生。

「不……我是作為父親在擔心女兒啊。」

「學姊，如果閱讀過那篇小說，這也沒有辦法啊。」

「唔唔……」

村征學姊抱著頭。

想要擺出那種姿勢的人是我啊。

「話說，造成這種狀況的責任應該是在神樂坂小姐身上才對……」

「的確，如果她沒有說想出版小花的新作，那份原稿也不會送到我手上，我也不會把和泉征宗老師叫出來了。」

「那個……梅園先生……能不能改一下對我的稱呼？」

「那就叫你和泉小弟吧。還是說，配合小花叫你征宗學弟比較好？」

「麻煩叫我和泉小弟。」

由於村征學姊陷入驚慌之中，反而讓男生們的頭腦冷靜下來。

我為了進一步掌握狀況，如此開口說：

「那個……學姊，雖然我知道這十分難以啟齒，但是可以請妳說明一下……為什麼要寫出那部小說嗎？」

「要在爸——父、父親面前……嗎？」

我很明白妳不甘願的心情，可是……

「小花……抱歉，也請解釋給我聽。身為千壽村征的監護人、梅園花的父親，這部小說的事情我無法不聞不問。」

也對。

「學姊，不好意思……」

「……我、我知道了。」

村征學姊半哭著點點頭。

然後她看著手邊的原稿，開始說：

「……要從哪邊說才好……說得也是……就從……目的開始吧……征宗學弟，這部小說是為

了讓你看而開始撰寫的作品。」

「…………」

千壽村征這名作家是只會為自己，撰寫自己覺得有趣的小說。

她沒有想要出版的意思，也不會意識到除了自己以外的讀者。

可是這部小說，卻是為了讓和泉征宗閱讀而寫。

「直到完全寫完之前，我都不想讓征宗學弟看見。讓你讀到未完成的作品，實在不是我的本意。我明明都決定好……等到那個時候到來時……都做好心理準備了。」

這樣奇襲太狡猾了，學姊這麼說。

或許是還沒有完全解除自宅模式，她說得相當可愛又像在鬧彆扭。

「學姊，等一下。既然是要讓我閱讀……那個……」

雖然她才講到一半，但我太過在意，忍不住詢問。

「代表說……村征學姊是想跟我做這種事情嗎？」

「喵啊！」

轟！學姊的腦袋瞬間沸騰。

同時，一記猛烈的拳頭打在我頭上。

「好痛！」

「你這變態小鬼！該不會是忘記我也在旁邊吧！」

麟太郎先生有如金剛力士般發怒，而我也不甘示弱地反擊。

「不，可是！這是很重要的事情！」

「是這樣沒錯，但我的意思是不能在父親面前光明正大地問吧！」

之後回頭想想，他講得很正確。

這時的我因為讀了那篇超誇張的小說，腦袋好像變得有點怪怪的。請各位讀者抱持寬大的心胸閱讀下去。

「村征學姊現在說明的內容當然也很重要，可是對那些我們不問她就絕對不會說的事情，如果不適度吐嘈一下，之後會被岔開話題帶過喔！閱讀完那篇小說後，有非常多內容會一直感到很在意吧……！」

「確實，我對這篇小說也有許多在意的部分！」

「對吧？例如說……」

這時，我稍微偷瞄一下村征學姊。

她用雙手遮住臉龐，不斷搖頭。

這反應簡直就像天真無邪的少女，但不能被騙了。

她正是寫出堪稱本世紀最強情色小說也不為過的作者本人啊。

「……嗚嗚……嗚啊啊……」

即使如此，看到村征學姊因為羞恥而不斷發抖的模樣，我還是感受到強烈的抗拒感，難以向

她不停地投以率直的詢問。

「例、例如說…………唔嗯，要慎選詞語來問真困難。這個……女孩在色色的場景裡向男孩子展現的，該說是性方面的淵博知識嗎……那些像必殺技的東西到底是什麼？」

再重複一遍，我已經慎重挑選詞語說明了。

作品裡，那些（從未見過也從未聽說過的）情色行為取了像是「鵯落」或「鐮鼬」這種像是奧義的名字。

咦？這是什麼？一定會感到在意對吧？

麟太郎先生用出奇冷靜的聲音吐嘈我：

「這哪裡慎選詞語了？你真的想死嗎？」

「可、可是！我從來沒有在色色的漫畫或動畫裡看過這種表現方式啊！」

讓我閱讀以我為範本的情色描寫，在這層意義上和自行創作同人誌的情色漫畫老師相同，但那傢伙太過缺乏性知識才會把我逼進絕路。

可是村征學姊的情況是完全相反。

這個人……我以為她是外表看起來清純，但其實很悶騷。可是沒想到……

明明是國中生，卻是個性知識遠遠超越男高中生的猛者啊……

「放心吧，和泉小弟。我也活了超過四十年以上，可是都沒聽說過這種表現。」

「怎麼可能！情色知識甚至超越了大作家！」

「那是創作啦！」

一邊顫抖一邊聽著我跟麟太郎先生對話的村征學姊忍不住大叫。

「那些全部都是我的創作啦！幹嘛？有意見嗎！」

她將錯就錯地瞪著我們。

「……沒、沒有。」

我是覺得不要用戰鬥輕小說的思維來設定色色的必殺技啦。

各種有如色狼系十八禁遊戲的必殺技透過硬派的文風施展出來，讓我不知道該如何是好。如果跟村征學姊交往、結婚的話，是不是就會親身體驗到「鵙落」這種招式呢……我開始認真思考起這種愚蠢的事情。

村征學姊似乎看穿了我這種想法。

「笨、笨蛋！」

她不斷敲打我的頭。

就像紗霧一樣。

「真是的！為何從剛才開始就一直讓我受辱！你問我是不是想跟征宗學弟做像這部小說一樣的事……這我還不可能回答吧！不予置評！先把我的話聽到最後再說！」

「……我、我知道了啦。」

學姊不斷地喘著粗氣，很刻意地輕咳一聲後說：

「好、好啦……講到現在……你應該對『為什麼我會開始寫要給你閱讀的小說？』抱持著疑問吧？」

「對。」

「這個嘛……契機是因為我跟妖精吵了一架。」

「咦……？」

跑出很意外的動機呢。

不過，妖精以前確實有講過。

——我跟村征吵架了……為了你的事情。

然後，她也這麼說過：

——雖然那傢伙也有很多考量啦，但要在這種時候按兵不動，本小姐無法接受。

——於是就決定擅自行動。

因為這次吵架，村征學姊「開始撰寫要給和泉征宗閱讀的小說」……就是這麼一回事吧。

「我不打算對征宗學弟與紗霧兩人採取任何行動，妖精似乎強烈地感到焦急——明明如果不行動的話，勝算會越來越低，妳卻在幹什麼？之類的。」

村征學姊或許是想起親暱好友的臉龐……她溫柔地笑了。

「很奇怪吧？對她來說，我應該是情敵才對，但她總是喜歡幫助敵人。為了能夠全力奮戰，不留下悔恨，讓對方可以成為對自己而言最強大的敵人。」

明明因此輸掉的話，會不甘心地大哭一場。

一定也會很後悔，說本小姐為什麼要做出那麼多餘的舉動。

這點她自己明明也很清楚才對。

即使如此，她還是忍不住跑去照顧自己最喜歡的敵人。

山田妖精就是這種帥氣的笨蛋。

「所以，征宗學弟。我也要跟妖精看齊，採取行動。雖然我是有自己的考量而按兵不動……可是跟宿敵像那樣大吵一架……受到她那麼多幫助……既然如此，我也無法不行動。」

「雖然這麼說……」村征學姊垂下視線看向原稿。

「我會的，只有撰寫小說而已。既然要接近你，就該用自己最擅長的方式。所以……才決定寫部『讓你喜歡上我的小說』。」

老是這種模式，真不好意思。她說。

這個人以前也曾經用我跟她自己為範本，撰寫戀愛小說——對我進行愛的告白。

這看起來像再重複一次相同的事情吧。

可是……

「不過，我認為這跟以前不同。那時候……『輕小說天下第一武鬥會』時，我盡情撰寫自己想寫的故事，結果只是變成那種內容。這次，我從一開始就定好目標來撰寫。也就是『要讓你喜歡上我』——只為這個目的而寫。」

此時，她閉上嘴巴。

然後……用意義深遠的眼神向上瞟著我。

接著小聲地說：

「雖然是寫到一半的未完成品……但你讀過了吧？」

「啊，嗯……」

感覺像有條細線在耳朵裡搔癢。

「感覺如何？是不是……稍微感到一陣暈眩呢？」

「…………唔。」

糟糕……

這……太強大了……！

還好我讀的是未完成作品。如果第一次就把完成後的作品讀完……不知道會變成什麼樣子。

小說裡登場的少女跟眼前的她重疊……

心臟彷彿被緊緊揪住一般。

我現在正被……和以前妖精全力誘惑時完全相同的破壞力襲擊。

「學姊……我……」

「你不用說，我都知道。可是——是嗎？這樣啊。這代表滿有效果的嘛。」

她把臉往這邊靠過來，然後露出笑容。

如果到這此為止都是按照她的計算，那可說是魔性之女吧……

如果這是自然的舉止，那也很可怕。

天然的魔性。這是屬於她，也很符合她風格的戀愛方式。

從理性與感情這兩個方向全力進攻，威力甚至可以匹敵妖精。

不管怎麼說，一直跟她四目相交很危險——我快速移開視線。

「征宗學弟，如果我把這部小說寫到最後……可以請你重新再讀一次嗎？」

「…………」

之所以沒辦法馬上回答，是因為我不知道答應學姊的請求時，自己有沒有辦法承受住。即使如此，答案也早已決定好了。

「當然，我會看。」

我有喜歡的人，所以無法回應她的感情。

正因為如此，才得好好接受她的告白，給予回應才行。

這是我的想法。

「是嗎？太好了。我就知道你一定會這麼說。」

「我很期待。即使去除各種多餘的情感……這還是一部超有趣的小說。沒辦法閱讀到後續，已經讓我很難過了。」

如此委婉地催促後，學姊害羞地搔搔頸項。

「…………好開心……不過……要把這部作品繼續寫下去，有一個……問題吧。」

「問題？」

「嗯，其實——」

正當學姊要說出「她的問題」的這個時候——

拉門被打開，神樂坂小姐從後頭出現。

「各位，餐廳的外賣送來嘍！是不是該吃午餐了呢！」

舞台繼續來到梅園家的客房，這是個鋪有榻榻米地板的和室。我們隔著木製的桌子，大家一起吃著午餐。

我的正對面坐著麟太郎先生，他身旁是村征學姊。

我隔壁則是神樂坂小姐，位置順序就是如此。

看起來很昂貴的壽司在桌上閃閃發光。

「話說……神樂坂小姐為什麼會在這裡？」

我在這時問出由於重要度很低就擺到後頭的疑問。

神樂坂菖蒲。是我和村征學姊的責任編輯，對梅園麟太郎而言似乎是恩人的女兒。這位小姐毫無顧慮地拿起海膽軍艦捲，吃得津津有味。

等她把嘴裡的東西吃完，先喝口茶後才終於回答：

「和泉老師，你這問題問得很好。其實，我有陪村征老師商量有關於戀愛方面的問題。」

「神、神樂坂小姐……這件事我明明有跟妳說要保密！」

學姊變得無比慌張。

「嗯～村征老師，我覺得差不多也該講出來了。和泉老師，你還記得嗎？以前作家們打算要辦『輕小說天下第一武鬥會』慶功宴時的事情。和泉老師說『想要知道村征老師的聯絡方式』，然後打電話給我──」

「喔，有這麼一回事呢。」

那時候不知為何學姊就在神樂坂小姐旁邊，還立刻接聽電話。

我一直覺得很奇怪……難道說？

「正如你所想，那是為了商量戀愛方面的事情，才請她來到編輯部。」

──是這樣子啊，相隔一年，謎團終於解開了。

「再說，如果沒有這件事，村征老師根本不肯來編輯部。實際上真是幫了大忙。用陪同商量戀愛方面的事情為餌，讓她幫忙做了各式各樣的工作。」

還真敢光明正大講出來，這種事情要保密啦。

「今天也是為了其中一環，才請村征老師來編輯部一趟。順便稍微對新作的精裝版開會討論一下。」

「精裝版？」

「是的，由於機會難得，所以這次想以一般書籍來出版。畢竟本作的內容不像是輕小說。」

喔……不打算把那部作品當作輕小說出版啊。

剛才麟太郎先生也有稍微提過，說不定是打算以一般的獎項為目標。

──好像真的會得獎，好可怕。

「然後，我想說差不多也該取得父親的許可了，因此急忙跑到千葉的鄉下來。」

或許是壽司很美味，神樂坂小姐的心情好到一反常態。

「關於這件事。」麟太郎先生開口。

「我反對把女兒的新作出版成書。」

「咦咦？為什麼！這明明絕對會成為一部名作！梅園老師！前幾天你不是才說『要出版是沒有問題』嗎？」

神樂坂小姐今天第一次顯得不安。

麟太郎先生抱著雙臂看著她。

剛才他對我這麼說到一半……

——因此要出版是沒有問題，雖然沒問題……

這是那句話的後續吧。

「……總不能讓女兒的情書公諸於世。」

這一定不是身為作家，而是作為父親的意見。

「所以才有趣啊！那才是文學吧！這不像是梅園老師這樣的人物會講出來的話！」

有夠拚命。

這傢伙可不可以在我的作品陷入危機的時候，也這樣使出全力奮鬥啊？

「聽好了，梅園老師！這部小說啊——」

神樂坂小姐猛力站起來，用力指向村征學姊的臉龐。

「這個在不久的將來，會以少女痛徹心扉的失戀作為糧食誕生的新作小說！想必——不對，一定會成為千壽村征最棒的傑作！」

「神樂坂小姐！妳現在是不是說了我不能聽過就算了的話！」

村征學姊反過來指著責任編輯的臉，給予猛烈的吐嘈。

原來如此……

「戀情實現會給作品帶來不好的影響」跟「失戀對作家來說會成為糧食」——抱持這種理論

的神樂坂小姐，為什麼會陪村征學姊商量有關於戀愛方面的問題呢？

最大的理由就是這個，簡單說……

——這個人深信村征學姊絕對會失戀。

所以才會一派輕鬆地加油打氣，畢竟她知道自己不會有損失。

這個判斷十分正確。

因為我喜歡著學姊以外的人。

既然有紗霧在，那村征學姊必定會失戀。

退開一段距離，俯瞰著我們人際關係的神樂坂小姐，說不定很清楚這部分的狀況。搞不好比我們這些當事人還要清楚。

——雖然這樣很不爽。

「神樂坂小姐，這是怎麼回事！妳不是站在我這邊的嗎！所以我才把原本只打算給征宗學弟讀的小說拿給妳看！」

「我當然是站在妳這邊的！無論何時，我都站在作家——站在村征老師這一邊！」

神樂坂小姐厚著臉皮大喊。

「剛才只是稍微有點語病，請不要在意……只不過……嗯，從現況來看，村征老師是稍微有一點點不利喔。」

「………………………」

村征學姊似乎無法接受這個說詞。

神樂坂小姐則握緊拳頭強調。

「正因為如此！為了獲得逆轉的機會，必須把那部新作出版成書才行！」

這是一起工作好幾年才知道的事情。

神樂坂小姐都先講結論，然後經常用這種強硬的方式總結。

麟太郎先生冷靜地回答：

「完全聽不懂何謂『正因為如此』。要讓和泉小弟把女兒的新作小說讀到最後——這點我懂，畢竟這是屬於女兒的示愛方式，我也想為她加油打氣……可是，沒有必要出版成書吧。只要作為情書，直接給和泉小弟本人閱讀就好。」

「咕唔唔……真難搞……是和泉老師的話，明明只要這樣就能哄騙過去。」

神樂坂小姐陷入沉思。難道說我很好搞定嗎？

「那、那麼！至少等到村征老師的新作完成後——請梅園老師也看看！」

「……雖然看了一半，但是偷看女兒的情書實在很不愉快。」

「可是你很在意吧？這可是給那麼不起眼的男人的情書喔！」

不起眼真是不好意思喔，本人就在你眼前耶。

「……那當然會在意。」

「那麼請務必看看！如此一來，你一定會改變心意！認為這部作品不可以沒對外發表就封印

起來！畢竟這將會成為本世紀的一大傑作！」

「……暫且保留，那種事情等作品完成後再說就好。」

「我明白了，現在暫且先放棄吧。」

神樂坂小姐收起熱情，當場坐下來。

「可是這麼一來的話，就必須提起另外一件事。」

「另外一件事？」

「是，還好和泉老師恰巧就在這裡。這不是要對梅園老師，而是要對和泉老師講的事情。」

「咦？我嗎？」

我指著自己的臉。

這時村征學姊開口說：

「那麼，由我來說明，這也是剛才對他說到一半的事情——我現在雖然正在撰寫新小說……可是要繼續寫下去，有個很嚴重的問題。」

她輕咳一聲，臉頰也發紅。

「明明寫了戀愛小說……但是……我沒有跟男性……那個……交往過的經驗。」

「喔、嗯……」

那也是當然，用看的也知道。

如果過去曾經有那種勇者——跟村征學姊交往又分手的話。

想必已經不在人世了吧。

畢竟她是個愛得很沉重的女性。

「征宗學弟，我知道你想講什麼。正因為沒有男女交往的經驗，才能夠描寫出超越現實的理想戀愛——的確是有這種寫法。就像過去的你明明沒有跟女性交往過，卻能寫出戀愛喜劇小說。」

「那種事無所謂吧！」

就算是沒體驗過的事情也能寫啦！因為我是作家！

「可是征宗學弟，你聽我說。我現在的目標是要在一篇小說中，同時描寫『靠想像撰寫的戀愛』跟『靠經驗撰寫的戀愛』。你也已經讀過的前半段，是『我想像中的戀愛』。而登場人物的關係會產生激烈變動的後半段，我打算用『基於實際經驗的戀愛』來撰寫。」

「…………原、原來如此。」

我閱讀的前半段是學姊只依照想像撰寫的戀愛描寫——這麼說的話，在各方面都能接受，包含「鵙落」這些在內。

「前半部分只有『現在的我』才寫得出來，而後半部分則是『未來的我』才能撰寫。我打算撰寫的小說，是人生中只能創作出一次的作品。」

村征學姊明明只是在解說，但可能是太過熱情了——她流下汗水，呼吸急促。學姊把一隻手放在胸口，勉強把紊亂的呼吸調整好……

然後把內心的想法化為言語。

「我想把這樣的作品送給讀者（你）。現在的我跟未來的我攜手合作——我想將一生中只有一次的戀愛，創作成一生中只能撰寫一次的作品。」

如同遭到波濤般的熱情正面衝擊，讓我感到暈眩。

如果稍有大意，感覺靈魂就會被帶走。

以巔峰為目標的作家，千壽村征。

戀愛的女孩，梅園花。

接下來，她們將賭上一切釋出一擊。

現在撲向我的熱浪是預備動作。

那只不過是正在慢慢充填的能源餘波而已。

當作品完成，「本體」朝我襲擊而來時……我會變成怎麼樣？

「………………」

身為同行，無論如何都想要看完的想法，跟身為會被這股戀情襲擊的對象而感到的恐懼，在我內心不斷產生衝突。

「…………感覺會…………變成一部很厲害的小說呢。」

勉強說出口的，是這種陳腐的台詞。

實際上，講不出其他話來。

千壽村征一生中只能寫出一本的小說。

說不定……這對她來說有可能會抵達「世界上最有趣的小說」的境界。

「……征宗學弟，可以請你協助我創作嗎？」

「意思是……要我跟學姊搞外遇？」

「你還沒有結婚吧？」

「就算沒有結婚也是外遇吧。」

都是偏離了倫理。

「…………………」

這說不定是千載難逢的好機會，能讓村征學姊實現遠大過頭的夢想。

即使如此……

「先說在前頭，就算是假裝的也不行。因為我跟紗霧正在交往，也訂下婚約了。」

我只能這麼回答。

還以為學姊會受到打擊，但她露出微笑並搖搖頭。

「我不會說那種話……只不過，想要拜託你一件事。如果你能幫我實現，我想自己一定可以寫出最棒的小說。」

「如果我可以辦到，不管什麼事我都願意做。」

我無法做出損害紗霧幸福的事情。

我抱持這種意圖說完後，學姊點點頭。

「這我知道，我想拜託你的是——」

接下來想寫出一生中僅此一本的戀愛小說，這女孩的願望是……

「——我們學校馬上就要舉辦校慶了。可以和我一起逛嗎？」

是非常女孩子氣的願望。

很有戀愛喜劇感，很青春也很像個學生。

只不過……

「……只要這樣就好嗎？」

我還以為她會拜託更勁爆的事情。

該怎麼說呢……感到有點掃興。

這種程度的「交往」，有辦法化為描寫戀愛的糧食嗎？

這個經驗——可以讓她成為「未來的千壽村征」，寫出一生中僅此一本的戀愛小說嗎？

「只要這樣就好……征宗學弟，拜託你。」

「沒問題，學姊。只要是可以辦到的事情，我都會幫忙。」

既然是這樣。

那我也沒有拒絕的理由。

情色漫畫老師
ero manga sensei
第二章

「——哼嗯，所以你就這樣輕易地被拐去參加校慶了啊。哼~~~~~~嗯。」

這是我被叫去梅園家的當天傍晚。

在客廳裡，我正在向妹妹說明事情經過。

我們並肩坐在沙發上交談。最近開始跟紗霧交往之後，這變成很常見的情景。

「什、什麼被拐去……不用說成這樣……」

「因為……小村征絕對是在誘惑哥哥嘛。哥哥明明有我這個未婚妻……明明這麼相愛……她還寫出那種小說……嗚嗚~~」

紗霧猛力強調自己的未婚妻身分。

另外，村征學姊寫的小說內容已經告訴紗霧了。

「為了作品這件事也沒有說謊……可是……絕對不只這樣。」

桌上有剛剛才買回來的蒙布朗蛋糕。

紗霧略微粗暴地用叉子扠起，送進嘴巴裡。

等吞進喉嚨之後，噘起嘴唇。

「哥哥也知道我不喜歡這種狀況，所以才會買蛋糕回來想討好我吧……人家可不會被這種東西矇騙過去。」

「…………………」

「……我也想……跟喜歡的人一起去逛校慶啊……」

是妹妹也是戀人，又是未婚妻。

這樣的紗霧，對於我在梅園家接受前去參加校慶的邀請似乎有什麼不滿。

不，這麼說不太好。

假設立場顛倒過來，愛慕紗霧的男性提出「希望一起逛校慶」的請求，而紗霧也接受了——

如果是這種狀況的話。

我也會不高興吧。這是理所當然的事情，畢竟我們是男女朋友。

我剛才雖然對村征學姊說了「只要這樣就好嗎？」。

但對紗霧而言，當然不是「只要這樣就好」的事情。這部分是我的認知太天真了。

身為有女朋友的男性，像這樣露出破綻而被責備也是無可奈何的事情。

「真是的……哥哥你太輕率了！」

看到紗霧的模樣，我才重新察覺到。

我帶著誠意說：

「說得……也是。紗霧，對不起。」

「咦……」

結果，紗霧似乎對我老實的道歉嚇了一跳，慌忙收起怒氣。

「我、我也沒有那麼生氣啦……」

消沉的聲音讓我知道她正忍耐著不安。

所以我再次說聲「對不起。」道歉。

真心地道歉。

紗霧依舊繼續低著頭。

「……我真的沒生氣，而且也非常能體會小村征的心情……哥哥聽到她的願望後，會有什麼樣的想法……我也可以想像。」

看來我們都有考慮到對方的事情。

想像著對方是抱持著什麼樣的想法採取行動。

「所以，我原諒你。」

紗霧一定是選了我最想聽見的話來說。

未婚夫受到其他的女性示愛，她明明一定很不喜歡。

「校慶的事之後再商量吧。」

「嗯，我知道了。謝謝。」

接下來……

「還有，也讓我看看那部小說。」

「咦？」

又加上實在不想聽見的話。

「……那、那部小說是……該不會是指村征學姊寫的——」

「對，外遇小說。」

……用這種表現來形容好猛。

聽起來反而很像文學小說。

跟我們一樣，小說裡的登場人物也只有訂下婚約而已，並沒有結婚。

但是以倫理方面來說，還是外遇吧。

「那部外遇小說，聽說非常有趣吧？而且登場的角色是用小村征跟哥哥作為範本吧？難道說還有很像我的角色出現？」

「是、是這樣沒錯……」

順帶一提，裡頭沒有像紗霧的角色登場。不對，用角色的立場來說當然有那位男性的「未婚妻」登場，可是不像紗霧本人。

那角色既不是家裡蹲，也不是插畫家。

不是沒有血緣的妹妹，更不是世界上最適合穿睡衣的美少女。

但是，畢竟紗霧全身上下就充滿像是輕小說角色的設定。

對學姊寫的小說而言，不需要的設定都被刪除掉了吧。

如果直接拿紗霧作為範本，那身為主角的女孩子就沒有勝算了——這應該是我想太多了。

總之，先不論學姊的小說。

對我來說，紗霧是最強的女主角。而她現在眼裡正閃爍著光芒。

「而且！小村征寫的是很色的小說對不對！」

「…………………………」

為什麼跟女孩子講話，卻得是我先臉紅啊？

她開心到雙眼發出燦爛光輝……這傢伙真的是情色漫畫老師耶。

紗霧緊握雙拳，發出強而有力的宣言。

「我絕對要看！說要看就是要看！」

「……要說的話，那是部我跟村征學姊搞外遇，做些超煽情色色行為的情色小說……即使如此妳還是要看？」

「正因為如此才要看！……嗚……唔……呼哇……」

紗霧用力緊閉眼睛，凝聚力量。

「小村征自製的情色小說，光是聽到這詞就超色。」

「我偶爾會覺得啦，妳真的是女孩子嗎？該不會其實只有精神方面是個大叔吧？」

「真沒禮貌！身為一名插畫家，對色色的行為有興趣是理所當然的嗜好！」

「就算不是插畫也一樣？」

「什麼都可以。雖然無法好好說明……但為什麼這樣會很色？為什麼會感到臉紅心跳？這是我非得時常探究的事情。不這麼做的話，無法畫出色色的插畫。」

紗霧用認真的表情與聲音訴說。

喔喔……感覺好帥氣。講的內容也能讓人接受。

這也是她身為創作者的真心吧。

可是為什麼呢？

我為什麼會覺得……

這是情色漫畫老師為了掩飾自己很色，才講出這種話的吧？

紗霧掌心向上，向我伸出手。

「所以讓我看，那部小村征的情色小說。」

「這不是以情色為主的小說喔，剛才這句話萬一被學姊聽見，會變成非常慘烈的狀況喔。」

「別講那麼多，讓我看啦！讓～我～看～小村征的超色情小說啦！」

「唉，真是的！唔唔……」

紗霧轉換為情色漫畫老師模式往這邊逼近，即使如此我還是不太想把小說交給她。

印刷好的實品是有帶回來，所以可以立刻交給紗霧。

可是，畢竟是那種內容……

現在寫到一半，就有預感會是部偉大傑作。但是老實說，我不想讓紗霧閱讀。理由就像在梅園家跟麟太郎先生說的一樣。

當然，假如那部作品出版，一般世人應該不會把它當成寡廉鮮恥的書籍。

反而會像是高尚的藝術作品般無比暢銷。

——年輕的鬼才千壽村征帶來的衝擊之作！

——描寫禁忌之戀的問題作品！

之類的。

會普通地放在圖書室裡，最後說不定會成為學校的教材。

實際上跟只有輕微情色場景的萌系輕小說比起來，這猥褻跟有害程度明明高上一萬倍。

稍微偏離了話題，不過這跟出版社的販賣方式或一般的世人評價無關。我覺得村征學姊寫的那部小說相當有害，所以不太想給紗霧閱讀。

——我閉上眼睛思考這些事情。

等到我睜開眼睛時……

「嗯嗯……喔，角色設定跟現實狀況差滿多的呢。」

「妳讓人一點都無法大意耶！」

才稍微移開一下視線，竟然擅自從我的背包裡拿出來閱讀！

同人誌的時候也好，今天也好，紗霧對情色的執著不容小覷。

不愧是能夠以情色漫畫老師為名號的人。

我明明那麼煩惱該不該給紗霧閱讀——

我的煩惱卻被她全部吹飛了。

等到作品動畫化後，不會因為這傢伙的關係又被人向ＢＰＯ（註：日本放送倫理機構，以確保正當性與提高倫理道德為由，對日本的電視節目進行監督）打小報告吧？

「喔喔……呼喔……呼喔呼哇呼喔。」

還發出詭異的叫聲。

紗霧趴在地毯上，開始閱讀那部小說。

既然已經變成這樣，也沒辦法硬把原稿搶回來。

「呼～呼～呼呼～」

即使對喘著粗氣的未婚妻感到有點害怕……但也只能乖乖看著她。

這是第幾次看紗霧閱讀小說原稿了呢……

回想起來的是第一次，和泉征宗與山田妖精一決勝負的時候。

就是她閱讀後來成為《世界上最可愛的妹妹》原型的那份原稿時。

她害羞地閱讀著那篇宛如愛戀告白的小說。

紗霧翻閱一張張的原稿書頁，而自己好像臉紅心跳地看著。

自己現在也是看著她，臉紅心跳。

只不過意思上有點不同就是了。

「呼喔喔……唔喔喔…………」

紗霧露出國中男生在路邊撿到色情書刊的表情，不斷翻頁閱讀。

「呼……哈……」

這麼煽情的情景不輸給小說的內容。

……有股奇妙的不道德感。

我該這樣繼續看下去嗎？

「嗚～～～～～～～～～～居然來這招！」

她時而滿地打滾，時而用力閉緊眼睛。不斷展現出各種反應，同時繼續閱讀原稿。

雖然在這種狀況下講也很奇怪。

但自己撰寫的書籍如果被人像這樣閱讀，一定會很高興。

不久後，大概過了三十分鐘左右的時候。

依然用很猥褻的感覺在閱讀原稿的紗霧猛力抬起頭來。

「哥哥！我把小村征的小說看完了！」

「啊，嗯……是喔。」

實在很難做出反應，該講什麼才好啊？

面對閱讀完原稿的人，雖然該講什麼幾乎都是固定的……但這是否可以直接適用於剛閱讀完情色小說的妹妹身上，是個困難的問題。

雖然很煩惱，但結果我這麼問：

「覺、覺得如何？」

「嗯～～～～～～～～～」

紗霧似乎在猶豫該講些什麼。

順帶一提，由於自己也變成主要角色的範本，所以我最率直的感想……是「有夠色的」。

對紗霧而言是如何呢？

雖說跟本人不像，但還是有立場相近的登場人物出現。

她把感情移入到那個角色身上了嗎……？

「這個嘛……身為主角的女孩子是小村征，有未婚妻的男孩子是哥哥……想到這是用我們的關係來作為範本……」

我靜靜等待未婚妻的感想。如果她閱讀完小說……因此受到傷害的話，我必須挑選適當的詞語來安慰她。

而紗霧——

「外遇時的色色場景讓人好興奮。」

「咦咦咦！」

卻開始講奇怪的話。

完全把我的預測往詭異的方向吹飛。

「呼嗚……呼～……呼喔喔……！」

原本趴在地毯上的紗霧站起來，跳到沙發上。

然後勇猛地挺起胸膛，發出「唔喔喔！」的吼叫。

「……這、這股未知的感覺是什麼？哥哥跟我以外的女孩子做色色行為的情景，光是想像就讓我胸口感到疼痛……又痛苦……可是……哈啊……卻讓人臉紅心跳。唔嘎嘎……這股心情到底是……」

「紗霧！不可以去那邊！妳會回不來！」

所以我才說是有害的啊！

因為村征學姊的關係，紗霧她……紗霧她————……

開始產生奇怪的性癖啦！

「唔……沒想到會被小村征教導全新的色色奧義……呼哇……千壽村征老師原來是如此厲害的小說家老師……原來她色的不只是身體而已……哈啊……真是天才。」

紗霧陷入陶醉之中。

她簡直是把千壽村征老師當成「偷吃傳教士」在崇拜。

「從今以後我得叫她村征師父……不對！得稱她為村征神！」

「她會哭出來的，別這樣！」

畢竟那個人絕對不是抱持這種意圖在寫作。

那部作品並沒有要用巧妙的情色場景讓讀者興奮，或是想為他們開拓出全新的性癖好。

照本人的說法——這是為了讓和泉征宗喜歡上她的小說。

照梅園麟太郎的說法——這是部只會讓目標讀者產生威力百倍的閱讀體驗的洗腦小說。

更進一步說的話，雖然不是目標讀者但仍是當事人的紗霧，也以並非作者意圖的形式受到強烈的影響。

結果——

對紗霧而言，千壽村征成了開啟全新性癖大門的導師。

紗霧對於偷吃的描寫感到無比興奮，但是突然間，她的聲調變得低沉。

「到這邊為止是身為色色插畫家的感想。」

沒錯。

接下來是紗霧的感想。

她的表情變得很認真。

「這部小說，我就當成小村征的宣戰公告。」

喔……喂喂，突然變得好嚴肅呢。

「當然，對方應該完全沒有這種打算。這部小說裡，撰寫著——小村征對戀愛有什麼樣的想

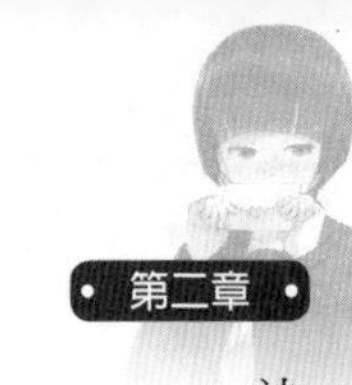

法。」

紗霧一邊說一邊瞇起眼睛。

……當美少女露出恐怖的表情時，真有魄力。

「呃……紗霧？寫在小說裡的內容不一定等同於作者的想法喔。」

我雖然試著提起讀者們對創作所抱持的「常見誤解」，但如果是村征學姊，感覺她會讓角色們說出自己的想法。

尤其是這次這種沒有戰鬥的戀愛作品。

「雖然說是宣戰公告……但是小村征沒有把我當成情敵看待呢。只要閱讀這部小說，就很有這樣的感覺。女主角心裡所思考的，只有那位男孩子——其他事情感覺都無所謂。」

「這個……會不會講得太過火了？」

和我的發言不同，我也感受到紗霧的意見有一定程度的說服力。

——有妳講得那麼不利嗎？

回頭想想學姊講的話，的確可以發現她沒有把我的未婚妻——紗霧當成巨大的障礙。

——他現在喜歡紗霧，僅止如此而已。

她在意的並不是紗霧。

——**契機是因為跟妖精吵了一架。**

而是明知不利也要激勵她的妖精。

——**你……應該比以前更喜歡我吧？**

還有我是否變得比以前更喜歡她。

以及「自己的戀愛」是否有往前邁進。

「這個……嘛……小村征她……一定是把我當成朋友。想必很喜歡我——即使這樣，像是搶走紗霧的未婚夫很不好意思，或是為了朋友著想而抽身這類多餘的想法，她應該完全沒有思考過吧？」

「完全沒想過吧。」

首先，她會為了自己最首要的目標筆直邁進。

不會環顧周圍，朝著夢想衝刺。

在這條道路上，無論會破壞友情，還是被某人憎恨，甚至是自己的行動會造成世界滅亡。

她也不會多看一眼，貫徹志向並完成目標吧。

等到一切達成後，實現夢想之後，勝利以後。

這時候才會把目光移向其他地方。

等到勝利後再煩惱。

她就是這樣的人。

該說是能達成豐功偉業的英雄氣概，還是ＲＰＧ遊戲裡最終頭目的氣質呢？

就是「終我一生，無怨無悔。」的感覺。（註：北斗神拳裡拳王拉歐的知名台詞）

是容易被設定成反派的性格。

另一方面……

「小妖精則是說『要讓我也獲得幸福。』這樣的話。」

——不管是征宗還是紗霧，本小姐都很喜歡。

——所以不管哪邊，本小姐都要拿到手。

——本小姐我，一定可以讓你們兄妹獲得幸福——

「也對……學姊跟妖精……完全相反呢。」

她們對戀愛的觀點相差太多。

別說是戀愛觀，連人生觀都徹底不同。

難怪會吵架。不如說，真虧她們可以成為朋友。

「所以對我而言，她們都是強敵。無論是小妖精或是小村征，作風都不同……但是她們兩人……都對戀愛全力以赴。雖然我不打算輸給任何人……也不打算把正宗交給任何人……」

「但尤其是不想輸給小村征——也絕對不把正宗交給小村征！」

紗霧如此宣言。

跟過去相同的台詞，以更強烈的意思說出口。

「咳咳，所以說！」

坐在我隔壁的紗霧輕快地跳到我的腿上。

正好像是小孩子在撒嬌的姿勢。

「喂、喂喂……紗霧……？」

把未婚夫當成椅子坐的紗霧就這樣往上看。

跟我四目相交後……有如天真無邪的小惡魔般微笑並低聲說：

「我會讓哥哥變得更加喜歡我。不管小村征多麼有魅力，或是不顧一切地進攻，我都不會讓事情變成像是這部小說的發展。」

紗霧開始進行她第一次的誘惑。

成為戀人之後……成為未婚妻之後……

我們應該已經一起度過不少親密的時光。但是還是第一次由她做出這麼直接的誘惑。

當然，這只是坐在未婚夫的大腿上而已。

看起來也像是感情很好的兄妹會有的行為，要說是誘惑也太過安分。

——紗霧一定是這麼想的吧。

雖然這是有強烈打情罵俏感的行為，但她應該是打算把色色的要素稀釋掉。

容易害羞的少女，鼓起所有勇氣……進行第一次的誘惑。

客觀來看的話，這是幼稚的誘惑。

可是……

對我而言不是如此。

「…………………嗚。」

緊貼在一起的觸感、喜歡的人就在身旁散發出的香氣讓我心裡感到苦悶。

腦袋暈眩……一時大意，甚至可能失去理性。

話說，這傢伙就算是稍微誘惑一下，但會產生多大的破壞力——

她絕對不知道吧！

「想要讓你更喜歡我」或是「想要跟未婚夫撒嬌」之類的——

一定是只有這種程度的認知就做出這樣的行為！

這認知太天真，又太毫無防備！

「紗、紗霧！紗霧！等等……妳先離開一下……！」

頭髮上飄來甘甜的芳香……腿上跟胸部又有柔軟的觸感……！

「不要，我說過了吧？我要讓哥哥……變得更加更加喜歡我。」

「我對妳的好感度已經破表了啦！就算這樣緊緊貼著我也不會變得更加喜歡妳！」

「沒有那回事，哥哥應該要變得更喜歡我才行。」

「不要在我大腿上扭動啦！」

要死掉了！對紗霧的好感度要突破極限了！

「討、討厭！哥哥！你那麼慌張，不就變得好像我是色色的女孩子一樣嗎？」

「妳到現在還打算堅稱自己不色嗎！現在的妳，無論身心方面都是情色漫畫老師啦！」

「人家不認識叫那種名字的人！真是的，什麼時候才能開始討論校慶的事情啊？」

「妳打算保持這種姿勢繼續對話嗎！」

「既然小村征都認真使出全力了，那我也不能輸給她嘛。」

「我喜歡的人是紗霧，跟學姊有沒有使出全力沒關係啊！」

「唔……我是很相信哥哥啦，但是……」

「但是什麼？」

「就很擔心……」

紗霧低聲細語，臉頰也染上紅暈。

「……深信著哥哥然後送你出門後，可能會在校慶上被小村征攻陷，還會寄色色的影片回來。」

「妳半點都不相信我嘛！」

我多不被信任啊？然後在這傢伙的心裡，村征學姊是多麼誇張的情色高手？

明明才剛說出爆炸性的發言，紗霧卻嚴肅地用認真的聲音說：

「總而言之，我相信哥哥。」

「真的嗎？妳明明想像出不像是國中女生會想像到的誇張偷吃情景。」

「雖然很相信哥哥！但是要更加謹慎，研討防止外遇的對策！」

她強硬地帶進話題。

防止外遇的對策咧。

「那麼，就在此重新宣布『小村征對策會議』開始。」

「是。」

隨便她了啦。

我選擇放棄，讓自己隨波逐流，紗霧在我的大腿上很高興地開始說：

「關於哥哥要去小村征她們學校的校慶這件事。」

「那個嘛……雖然已經答應了，但我想要婉拒。」

「可以去喔。」

「……可以嗎？」

如果照妳的說法，不是可能會送來影片嗎？

「可以啊，可是……有個條件。」

「條件？」

「嗯……讀完那種小說……實在不能讓你們兩個人單獨去校慶那種地方。」

紗霧在我大腿上有如貓咪般蜷縮起身體。

「而且……聽完小村征的請求後……我也……開始羨慕起來……所以……聽我說。」

紗霧小聲說出「請求」。

「大家一起……去校慶吧？」

「要找妖精——或是惠她們一起去？」

「嗯……可不可以？」

「……來這招啊。」

唔嗯……對我來說，「不聽紗霧的『請求』」這種選項從一開始就不存在。

「紗霧……順便問一下，所謂的『大家一起去』是……」

「就是我也要去。」

「要出去外頭嗎？」

「當然不可能。」

我想也是。是跟往常一樣——用平板電腦參加吧。

不過要我在學校裡拿著平板電腦到處走……這應該沒辦法吧。

或多或少，我都想讓紗霧體驗一下校慶。

紗霧聽到校慶這個詞……應該也想要去。

也是……妳也很想……去參加學校的活動吧。

跟朋友一起。

跟戀人一起。

當然，這裡頭也有想要防止我跟村征學姊單獨兩人去參加校慶的想法。但一定不只如此。

所以……

「我想小村征她……一定是想在校慶上體驗到跟『大家』相同的心情，為了繼續撰寫那部戀愛小說的後續。」

這句話應該是投射了自己的想法。

第二章

想要像大家——想要有像普通女孩子的體驗。至少，就算只有一天也好。

畢竟紗霧她不普通。

而村征學姊……必定也一樣。

「我也想閱讀那部小說的後續，而且小村征又是朋友……畢竟……我沒辦法像小村征一樣，把多餘的事情捨棄掉。」

紗霧不會像妖精一樣拚命幫助敵人。

可是，也不像村征學姊一樣只看著前方。

「雖然不會把哥哥讓給她……但是我想幫忙創作作品。我也想一起……幫她創造『青春回憶』。雖然不能……只讓你們兩人去逛校慶……可是，如果大家一起去的話……就沒關係。」

「……真的可以嗎？」

如果是以前的紗霧，應該不會說出這種話。

因為她當時沒有所謂「多餘的部分」——不只是如此。

她也沒有替對方深入思考到這種地步吧。

我思索著紗霧的變化，柔和地笑了。

「說得也是……就這麼辦吧。我去跟學姊還有大家問問看。」

「嗯！」

紗霧很有精神地點點頭。

「哥哥。幫我跟村征神說，可以把寄影片回來的色色橋段拿去用喔。」

這傢伙其實只是想閱讀後續而已吧？

勉強忍受住危險誘惑的我打電話給村征學姊，把紗霧的提案告訴她。

——**大家一起去校慶玩。**

對學姊而言，這是預料之外的提案吧。當然，我也猜測到她會感到為難……

『…………嗯，無所謂。因為是週末，大家的行程應該也很好配合。』

但稍微停頓一下後，學姊答應了。

「可以嗎？學姊，那個……」

『當然沒問題。我認為紗霧說的反而是很理所當然的要求。雖然感到非常遺憾，但是放棄跟你兩人單獨逛校慶吧……』

「對不起。我已經答應過的事情，現在卻反悔。」

『不用那麼在意。可是，說得也是……既然你覺得過意不去的話……那我可以拜託你一件事情嗎？』

「當然。只要是我能辦到的事都沒問題。」

『是嗎？謝謝你，征宗學弟。』

這裡說的「我能辦到的事情」……

是「只要紗霧不會討厭的事情都ＯＫ。」的意思。

學姊說：

『校慶的日程，總共有三天。其中對一般民眾開放的是第二天與第三天。我想請你跟大家一起來的，是活動最多的第二天。即使不是兩人獨處，藉由跟征宗學弟一起參加校慶，應該也會讓我獲得許多刺激。我的內心會因此激盪出各式各樣的情感吧。不只是幸福或是喜悅，甚至也有漆黑醜陋的情感。我認為這就是紗霧所說的「青春」。我要體驗青春，寫出僅此一本的小說。』

一生中僅此一本的小說。

這個中心思想符合所謂「青春時代的戀愛」。

身為創作者的強烈思緒，連同對我的情感一起透過電話傳遞而來。

如果是跟紗霧相遇之前的我，說不定光是這樣就會愛上她。

『校慶第二天結束後，我打算一口氣將那部小說寫完。第三天的校慶應該會因此蹺掉一半以上的時間吧。』

「照妳這麼說，聽起來像是要在校慶第三天結束前把小說寫完。」

『我是打算這麼做沒錯。所以征宗學弟……校慶的第三天，可以請你到學校跟我會合嗎？然後，希望可以在那時候閱讀我的小說。只要這樣就好，不會問你感想，也不會要你喜歡上我。只希望你可以在我面前，閱讀我撰寫的故事就好。』

拜託你了。村征學姊以有如「年紀較小的學妹」般的決心，向我懇求。

「我明白了。」

我立刻回答，甚至沒有詢問紗霧。

這不是毫無考慮就決定。

只要紗霧允許就可以。我雖然打從心底這麼想，但就算如此……

有些事情仍無法拒絕。

「我很期待喔，不管是校慶……還是學姊的小說。」

『嗯，我也是。』

這是道彷彿看得見笑容的聲音。

校慶是十月舉行。在那之前，得先問問大家才行。

現在是九月。雖然時間上還很充裕，但這種事情還是越早問越好。

畢竟可能會因為每天的工作太繁忙，最後不小心忘掉。

跟學姊結束通話後，我立刻向適合的人選們發送邀請的簡訊。

大概過了十秒左右，首先是惠傳來回覆。

——當然要——參加啦♪

神野惠，紗霧的同班同學兼班長。

她號稱在開學後立刻跟全學年的人成為朋友，位居班級階層的最高位。

是名現充中的現充。

該說不意外嗎？「找她去玩」的邀請回得特別快。

……就是這一點吧。

第二個傳來回覆的人是妖精。

——好像很有趣嘛～本小姐就陪你去吧！要好好感謝我喔！

山田妖精，住在我家隔壁的暢銷作家。

對我和紗霧而言也是很重要的朋友。雖然當我跟紗霧開始交往後，雙方的關係就變得有些微妙……不過她傳來的郵件裡感受不到半點這種隔閡。

有如太陽般的女孩子，那就是妖精。

這位比我先完成動畫化壯舉的大前輩，在簡訊結尾……

——不過可別因為身為原作者的工作已經告一段落，就太輕忽大意喔！

加上這樣的忠告。

「我知道啦，妖精老師。」

日期改變，來到週末。

慣例的腳本會議在出版社的會議室舉行。

「鏘鏘！這就是動畫版《世界上最可愛的妹妹》的主要視覺圖！」

神樂坂小姐站在投影機映出的圖片前方說。

「喔喔！就是這張嗎！」

我們兄妹創作出來的女主角跟男主角並排映在巨大的畫面上。

這張插畫似乎會作為主視覺圖在下次的活動上公開。

——對我們來說，這是非常非常重要的插畫。

同時是作品書名的妹妹站在最顯眼的位置，害羞又靦腆。

彷彿隨時會用自大的聲音說「你在看什麼？」一樣。

——嗯，真棒。

我抱持著率直的感想。

這樣啊……紗霧一直充滿幹勁在繪製的……就是這張圖啊！

這是現在才剛揭曉的主視覺圖。而看著這張圖的人是跟平常相同的成員——動畫製作小組、原作者和責任編輯等人。

至於負責腳本和系列構成的葵真希奈老師還沒有過來。

——距離動畫播放還有大約七個月。

系列構成已經確定，原作者腳本撰寫完畢，持續不斷的動畫化工作也越過巔峰期的現在……《世界上最可愛的妹妹》這部動畫作品的製作現場裡，原作者的工作可說是已經告一段落。

可是妖精老師有給我忠告。

不要輕忽大意。

今後還有各種監修工作持續進行，也要參與配音的選角工作，腳本也還剩下好幾話。

對動畫製作小組而言，製作的巔峰期從現在才要開始。

我再看一次那張美麗的主要視覺圖。

「好！」

然後拍拍自己的臉頰。

不能輸給情色漫畫老師。

也不能只讓動畫製作小組們有帥氣的表現。

我身為原作者，得全力進行今天的會議！

「……和泉老師……你很有幹勁呢。」

「是、是的！」

出聲的是坐在對面的戴眼鏡女性。

她是導演雨宮靜枝。雖然看起來很年輕，但似乎是在第一線活躍數十年的老手。

調查她的事情時，讓我嚇一大跳。她參與過許多我小時候觀看的知名作品。

往周圍環視一下，能看見從古早時代活躍至今的「傳說之人(Legend)」——

對我這樣的年輕人而言，動畫製作的現場就是那種地方。

雨宮監督的代表作裡，最讓人記憶猶新的就是與真希奈小姐一起製作的《星塵☆小魔女梅露露》。那是部有奇蹟般熱銷紀錄的名作。

能跟製作那部作品的人們一起工作，讓我感到光榮。

「……我覺得，你可以……再放鬆一點也沒關係喔。」

每當活生生的「傳說之人」向我出聲時，直到現在還是會讓我感到緊張。

雨宮導演是位非常沉默寡言的女性，但今天不知為何很積極地找我講話。

正當我內心想著發生什麼事情時……

「和泉老師……雖然晚了，但是恭喜你訂婚。」

「咳咳咳……」

害我嗆到了。

看來導演是想講這件事。

「謝、謝謝妳的祝福！請問……妳是從誰那邊聽說的呢？」

「是真希奈……葵老師那邊聽來的。」

口風有夠鬆！這麼說來，我是有跟那個人講過！

因為她說當兩人的關係有進展時，要立刻告訴她。還重複提醒了好幾次。

不過……

我的戀情在腳本會議上早就被拿出來討論過好幾次，對在場的成員保密也沒什麼意義。只不過在開心揭露之前，至少先跟我講一聲吧。

看到我因為突如其來的祝福而臉紅心跳，監督露出微笑。

「……可以的話……也請招待我們……參加你們兩位的結婚典禮。」

「那當然！啊，這件事先只在這邊講！婚禮上我們計畫要用大型螢幕播放《世界妹》的動畫！然後要用片頭曲為背景，請導演致詞！」

「……真厲害呢，我還是不要參加好了，可以嗎？」

「被笑容滿面地拒絕了！」

「……會這麼說……有一半是開玩笑的。既然如此的話……這就變成一場更加不能敗北的戰鬥了呢。讓新郎與新娘結為連理……成為契機的作品……可不能讓它成為拙劣之作……反而應該讓來參加婚禮的客人……感動落淚才好。」

雨宮導演微微一笑，瞇起眼睛。

先不管《世界妹》這部純妹系戀愛喜劇作品，到底會不會有可以讓觀眾們感動落淚的場景。

這句話真是鼓舞人心。

雨宮靜枝。跟名字給人的印象一樣，是很文靜又沉穩的人……

可是有時候會像這樣，展現出如同戰鬥系作品裡最強層級角色般的一面。

沉靜的老將（傳說）。我們的導演就是這樣的人。

「……順便問一下，只有一半在開玩笑對吧？」

「嗯，只有一半…………如果真的要這麼做，請先找我商量喔。」

我被認真警告了。

就在這時候——

「哈囉～大家辛——苦啦～」

創造出這種狀況的元凶——真希奈小姐出現了。

葵真希奈。

這位穿著鬆垮垮的運動服又戴著圓框眼睛，睡眼惺忪的美少女應該不需要介紹，她負責《世界妹》的腳本與系列構成，是位年輕又好吃懶做的腳本家。

過去她以「不工作的腳本家」著名……

但經歷過很多事情後，現在從我這原作者的立場來看，真希奈小姐在動畫的製作現場裡成了最值得信賴的人物。

而她走到導演身邊，開朗地開口搭話：

「導演～妳會跟正宗先生講話真稀奇耶～發生什麼事了發生什麼事了？」

「我在問和泉老師他們……結婚典禮的計畫。」

「結婚典禮？」

真希奈小姐瞪大眼睛看著我。

「那是怎樣？你們已經要結婚了嗎？雖然知道已經訂婚，但這年齡設定會不會有點奇怪啊？太太不是才國中生而已嗎？」

太太不是才國中生而已嗎？

這是十八禁漫畫裡也很少聽見的超強力詞句。

不過把未婚妻當成「太太」看待是很常有的事情啦。

就算扣掉我還是高中生這點，這字面看起來也極度危險。

「真希奈小姐，這是在講將來的事情啦。」

「什麼嘛，是那樣啊。嗳～嗳～也會邀請我去參加結婚典禮嗎？」

「如果能製作出一部好動畫就邀請妳去。」

「哇，還有條件嗎？好啦好啦～那我會好好加油啦～」

真希奈小姐隨意甩甩手。

很好很好，結婚典禮的相關人士席次慢慢在填滿。

嗯唔……果然應該播放動畫嗎？

雖然監督好像很不願意，但只能放了吧。

「對了，真希奈小姐。千壽村征老師的學校十月時要舉辦校慶。」

「喔，真不錯耶。有藝術之秋的感覺。」

「我們計劃要大家一起去參加，妳要不要也一起來？」

「真的嗎？學校的校慶超懷念耶，我要去！」

雖然真希奈小姐對我的邀請感到很起勁。

但某位一直默默看著我們交談的人在這時冷靜地說出一句話：

「葵老師。在妳開心訂定計畫之前，請先把今天要討論的原稿交出來。」

這是赤坂透子製作人。她今天也是從頭到腳都穿著黑色的套裝，對腳本家投以聰穎伶俐的眼神。

雖然看起來完全不信任對方，可是這沒有問題。

我笑著說：

「赤坂小姐，沒問題的。現在的真希奈小姐已經不是過去那個好吃懶做的廢柴腳本家了。」

「和泉老師……」

「正宗先生！沒想到你如此相信我……！」

不，本人很廢這一點完全沒有治好就是了。

即使如此，現在的真希奈小姐對我而言是個值得依賴的人。

因為就算有想要嘲諷競爭對手的邪惡動機，她還是藉由在和泉家同居大幅提昇創作動力，使勁全力、充滿幹勁燃燒的態度製作腳本。

就算不用我們催促，今天也一定可以交出非常棒的腳本吧。

「和泉老師，你太天真了。」

「咦？」

「葵老師就是會像這樣建立起信賴關係……然後在我們鬆懈時，抓準時機讓原稿開天窗。」

妳是惡魔嗎？

「不不不，怎麼會呢。」

真希奈小姐，我很相信妳喔……

我哈哈笑著，看著真希奈小姐。

結果那個戴圓框眼鏡的傢伙用單手摸摸脖子。

「嘿嘿！」

她沒寫。

她真的沒寫！真的假的啊！

「真是的～～～～～～～～～～～～把我的信賴還來！」

「不是啦！那個啊！正因為充滿幹勁！所以也會有太過講究細節而趕不及交稿的狀況發生嘛！」

結果這天的會議在圓框眼鏡仔巧妙的藉口下，聽她對自己玩的手機遊戲抱怨兩個小時就結束了。

看來……要不要讓她參加校慶，得要看今後的工作表現來決定。

沒有什麼太大進展的腳本會議結束後，我在電梯大廳偶然遇見意外的一群人。

「喔，這不是和泉嗎？」

「和泉，午安啊。」

是草薙學長跟席德。

有頭誇張的金髮又身穿黑衣的人叫草薙龍輝，是位戀愛喜劇作家也是我的前輩。

而有著量產型大學生外貌的人是獅童國光。對我來說是名年長的後輩。

他以點心為主題來撰寫小說……但現在覺醒了新屬性，正在執筆**蘿莉輕小說新作**。記得第一集好像是下個月十日要發售。

「動畫化作家大人是來開腳本會議的嗎？」

草薙學長用揶揄的口氣講著，我內心雖然感到不爽，但還是普通地回答：

「嗯，是啊。你們兩位呢？」

「我是來討論新作的。」

「喔，要寫新作品嗎？」

「是啊。畢竟動畫也結束了，應該不會有第二期吧，差不多該考慮『後續』的問題。」

雖然說得很漠不關心，但聽起來有股寂寥感。

「這樣啊。」

但我沒特別說些什麼。要說的話，席德明明是新作即將發售的可喜可賀狀況，卻有點消沉的模樣讓人很在意。

看向他後，席德用跟平常相同的謙虛態度說：

「我是來編輯部討論第三集，可是時間到了卻沒看見神樂坂小姐過來……」

照他這種講法，第二集似乎已經寫完了。

我看向自己走出來的會議室……

「神樂坂小姐的話，她正在跟製作人討論事情。」

「既然會議結束了，她一定馬上就會過來吧？」

「大概吧……話說回來，席德你是不是有點消沉？」

「看的出來嗎？」

「嗯，算是吧。」

他整個人駝背，給人一種無精打采的感覺。

應該不是因為「神樂坂小姐遲到」而消沉吧。

當我正在思索時，草薙學長笑著說：

「和泉，你聽我說。這傢伙那篇新作的採訪報導，今天刊載到網路上了。你想，就是獅童剛產生蘿莉癖好，腦袋變得怪怪時接受的採訪。」

「啊，那篇發神經的報導終於公開給全世界知道了嗎？」

「請不要說我發神經！」

席德快哭出來地大喊。

「今天公開到網路上後我重新讀一遍，覺得超丟臉的……！」

真悲哀，他鬱悶地抱著頭。

「嗚哇啊啊啊！為什麼我要用跟本名沒兩樣的筆名，接受那種徹底暴露性癖的採訪……！真想把幾個月前的自己打一頓！話說，既然你們兩位知道，當時為什麼不阻止我！」

「草薙學長覺得這樣很有趣，說要煽動你去受訪。」

「喂喂，和泉你不要講得好像是我的錯一樣。當時你也看得很起勁吧。」

「太過分了！和泉跟草薙學長都一樣！」

「別哭成那樣啦。再說，我覺得那篇報導很不錯喔。當時的你會那麼發神經，是因為你喜歡自己的作品，很有自信吧。」

草薙學長將手放上後輩的肩上安慰他。

「創作者的悲慘文章經常會公布在網路上，但會變成那種報導的原因，我想是因為回答的人很有當事人的自覺。若是跟作品保持一段距離的人，應該會更冷靜地回答吧。他們應該不會暴露性癖給別人嘲笑，也不會踩到愚蠢的地雷問題在網路上延燒。因為都是成熟的大人嘛。」

「可以不要挖別人傷口嗎！」

還有，希望他別說這種會聯想到特定創作者的發言。

「所以我看到這種毫無冷靜跟成熟感，讓人覺得『這傢伙說出這種話，是個笨蛋吧？』的報導時，反而會很期待喔。因為這種人不管成功還是失敗，最後都只會留下耀眼的結果。」

「這講法根本沒有安慰到人！」

草薙學長用手背敲敲席德的胸膛。

「萌系輕小說如果不發點神經就太無聊啦。要抬起胸膛來寫啊，蘿莉控。」

「……這不用你說。」

席德噘起嘴巴講出這句話。

看來他似乎看開一點了，反過來用作弄般的語氣對學長說：

「講到發神經的蘿莉控。草薙學長，你**收國小女生當徒弟的事情**後來怎麼樣了呢？」

「感謝你寧願傷害到自己的反擊喔！也沒有怎麼樣啦，只是偶爾會傳ＬＩＮＥ討論創作的問題而已。」

「真是讓人羨慕！跟小女孩傳ＬＩＮＥ可是犯罪！」

才不是犯罪。

沒問題吧，這個人的腦袋又變得怪怪的。

這邊為忘記的人說明一下。

草薙學長經歷過一些事情後，在一位名叫小綾，想成為作家的小學生請求下，成為她在作家方面的師父。雖然很像是輕小說，但這是真實發生的事情。

在冒出更危險的發言之前，我先問：

「創作問題是指？她有送原稿過來這類的嗎？」

「不，她沒辦法順利寫出原稿。因為陷入低潮，所以想要找我商量一下。」

「罪犯！這裡有名罪犯！請招出來！你把她叫出來帶去哪裡了！」

「我沒有把她叫出來！獅童你先閉嘴好不好？——和泉，如果是你會怎麼回答？」

「如果問我要怎麼對應低潮……的話嗎？可是不知道原因的話也很難回答。如果是我自己寫不出來……大概會抱持『這又治不好，還是盡量努力去寫』的想法吧。畢竟不能因為狀況不好就休息不寫啊。」

「順帶一提，我也是提出類似的回答。就是『這治不好啦。別在意，寫下去吧』的回應。我

覺得這是最接近完美的回答，可是她卻罵我『你不懂啦！』，根本莫名其妙。」

「如果說硬要有不寫的選項，那得先把低潮的狀況治好才行。雖然明明治不好。」

「明明治不好啊。」

我跟草薙學長的意見難得一致。

只要確實找出陷入低潮的原因，將它去除就能立刻治好。

如果低潮都是像席德過去的那些案例，不知道會有多輕鬆。

「……不不，你們兩位在講什麼離譜的話啊？」

傻眼的席德對我們吐嘈。

「和泉，『了解小女孩心情的男人』好像想講什麼。」

「請不要用充滿惡意的綽號叫我——小綾她一定不是想要把低潮治好……而是希望草薙學長聽她吐露心事吧？可是你卻回了終止對話的回應，她當然會說『你不懂啦！』然後生氣啊。」

「呿，真麻煩的小鬼，這是暗號文件嗎——再說，獅童你是從哪邊學會這種事的啊？」

「草薙學長寫的輕小說裡。」

「…………………………………………」

草薙學長滿臉不爽地陷入沉默。

「…………別提我的事情了。和泉，講些有趣的事情來聽聽。」

「咦咦……？」

就算想改變話題，但這也太蠻橫了吧。

竟然這麼隨便就把爛攤子往我身上丟。

「雖然不知道這算不算有趣的事情，但最近村征學姊的學校要舉辦校慶。我們計劃要大家一起去，可以的話，兩位要不要去看看呢？」

席德跟草薙學長互相看著對方，然後再次面向我。

「好的，請務必讓我一起去。」

「要我去就去啦。」

接下來在編輯部把一些零碎的工作解決掉，回到家是晚上十一點。

「……比預定的晚呢。」

以前由於太拚命工作，曾經害得紗霧為自己擔心。

所以今晚已經不會在家工作，再來就只要睡覺了。

「雖然肚子餓了，但晚餐不吃也無所謂吧……」

紗霧有好好吃飯嗎？

不過今天已經睡了吧。

當我這麼想並且打開玄關門時，身穿圍裙的紗霧快步走過來迎接我。

「嘿嘿……哥哥，歡迎回家。」

自從開始交往以後，紗霧會像這樣在我回家時出來迎接。

過去的我……打開玄關門後，很害怕看見昏暗的走廊。

而家裡蹲的妹妹踏響地板的咚咚聲是種救贖。

——現在已經不會寂寞了。

「嗯，我回來了……紗霧，妳還醒著啊。我不是說可能會晚回來，所以要妳先去睡也沒關係嗎？」

「嗯……」

紗霧害羞地微笑，然後忸忸怩怩地說：

「那個啊……晚餐……馬上就好了。」

「咦……難道是紗霧做的晚餐嗎？」

「嗯，哥哥有教過我吧。」

沒錯。我受到紗霧的請求，曾教她製作料理。

家裡的廚房是我那個身為料理研究家的老媽特別專門訂製的。

是連妖精都讚賞的主婦之城。

在某種意義上，對我而言是老媽的遺物。

而這個廚房，紗霧以前似乎是顧慮到我，所以從來沒進去過。

因此我允許紗霧使用廚房，並教導她製作料理。

所以這種情況對我而言根本不算是驚喜……原本應該是這樣。

——但我超級開心！

無法抑制自己揚起笑容。

「不、不要那麼期待喔。我還只會做簡單的菜色而已……這點哥哥你也很清楚吧？」

「如果是紗霧做的料理，不管什麼都很好吃喔。」

「……練習時你明明糾正我很多次。」

「這跟那個是兩回事——馬上來開動吧。」

「嗯……那你來這邊。我準備好了，立刻就可以吃了。」

我被紗霧帶著往客廳移動。

這感覺像在玩扮家家酒一樣，心癢難耐。

「哈哈。」

實現戀情會給作品帶來不好的影響。這是我們的責任編輯講過的話。

但是像這樣甜美的實際體驗，除了我以外，還有哪位作家可以體驗到呢？

當然，我不認為作品的品質是依照有沒有實際體驗過來決定。

可是透過跟紗霧的戀愛，一定會誕生出只有我才能撰寫的故事。

我是這麼認為的。

打開通往客廳的門進入裡頭，這時……

「正宗，歡迎回來。」

在客廳迎接我的是給人聰明伶俐印象的女性。

「我回來了，京香姑姑。」

和泉京香。她是我們兄妹的監護人，也是很重要的家人。

她在家居服上頭披了件寬鬆的毛線上衣，注視著我。

「……………」

乍看之下，她看起來好像在生氣——

但實際上，完全沒有這種想法。

不如說……她是打算露出溫和的微笑吧。

最近，我也稍微可以判讀出京香姑姑的表情了。

不過這對京香姑姑來說，好像也是相同的情況。

她看穿我的表情後說：

「正宗，我在這裡讓你很意外嗎？畢竟我們又開始一起生活了，這是理所當然的吧？」

和泉正宗、和泉紗霧、和泉京香。

現在是家人三人一起生活。

最近紗霧的家裡蹲症狀跟之前比，算是改善許多。在「可以信賴的家人」的先決條件下，即使有人在時她也可以下來到一樓。

從那之後，我們全體家人就盡可能齊聚在一起吃飯。

只不過像今天這樣，當我非常晚才回家時，有請她們先行用餐跟休息。

「沒有啦，只是想說今晚大家應該已經睡了。」

「……不可能先去睡。因為今天是我們家人三個人，第一次品嚐紗霧親手製作的料理——而且我明天休假。」

雖然看起來像是在瞪人，但我知道她感到很高興。

「這樣啊。抱歉，我比預定的還晚回來——」

「你有事先聯絡說可能會晚回來，所以沒關係……喔，不，這不太好呢。我的意見雖然是學生要遵守門禁……可是照正宗的情況……應該很困難。我也思考看看改善方案吧。」

嗯嗯嗯……京香姑姑開始陷入沉思。

這讓我有些擔心，她說不定會說要親自接送。

畢竟京香姑姑自己也有工作，我不想造成她的負擔。

這時——

「哥哥、京香，晚餐好了喔。」

正當我們進行那種對話時，從廚房飄來誘發食慾的香氣。

——是和泉家所有人最喜歡的食物，特製蛋包飯的香味。

你說這種設定到動畫播放之前都沒出現過？

這點小事就別在意啦。

我把手上的東西放在原地，跟京香姑姑對望。

「好，那麼——」

「紗霧，我來幫忙端。」

我們前往廚房。以不習慣的互相配合，動作笨拙地把餐點準備好。擺在餐桌上的除了蛋包飯以外，只有灑了鹽跟醋的沙拉而已。雖然沒什麼晚餐的感覺，但是考慮到時間已經很晚，這樣反而很剛好。

分量也有確實抑制在少量的範圍裡。

看來紗霧也從去年的減肥騷動裡學到了教訓。

家人都在餐桌就坐，雙手合十。

「「我要開動了。」」

「還請……好好享用。」

夢中都會見到的情景，現在就在我眼前。

用湯匙舀起蛋包飯，吃進嘴裡。

紗霧擔心地看著這個動作，然後戰戰兢兢地問我們：

「怎麼樣……做得好嗎？」

「嗯，超好吃。」

「紗霧，很美味喔。」

「這樣啊……」

紗霧鬆了口氣，自己也吃一口後發出「嗯。」的聲音並點點頭。

「跟練習的一樣……可是，果然還是哥哥做的蛋包飯比較好吃。」

「那當然啦，我的蛋包飯裡有加入『對妳的愛情』嘛。」

「哎、哎喲……最近的哥哥老是馬上講出這麼讓人害羞的話來。」

「最近？不是從一開始就這樣嗎？」

從京香姑姑那邊傳來吐嘈，聽到這句話的紗霧……

「……說不定是這樣。」

也這麼承認。

接下來，我們暫時度過一段平穩的時光。

在餐桌上談的是現在在吃的料理，我們兄妹工作上的話題，或者是學校的事——稀鬆平常的日常話題。

這是家人間的對話。但是交談突然停止，一秒、兩秒……餐桌籠罩在短暫的沉默之中。

突然間，我感到胸口一陣疼痛。那是一股強烈，彷彿心臟被人抓住的哀傷痛楚。

這種感覺是什麼？為什麼內心……會如此……

這時——

「……啊。」

「京香？」

我跟紗霧同時注意到。

「…………怎麼了嗎？」

只有京香姑姑本人比較晚察覺。

一道淚水從她臉頰上滑落。

「哎呀……啊啊，那個……這是……」

她用手拭去淚水，吸了吸鼻子。

雖然想要掩飾過去，但是失敗了。

光是要忍住不讓自己嚎啕大哭，看起來就耗盡了全力。

「……真、真是傷腦筋……對不起！我有……花粉症……！現在忍著……不要打噴嚏。」

這太過勉強的藉口讓人感到憐愛。

我和紗霧也跟著感到鼻酸。

我把手帕遞給我們年輕的另一位母親。

「我們……好像也被感染花粉症了呢。」

好一陣子，我們又哭又笑。

幸福的晚餐時間過去，當我們在客廳休息時……

「話說回來，你們兩個……」

像是看準時機般，京香姑姑開口說：

「接下來打算怎麼辦呢？」

「…………………」

沉默。

我跟紗霧剎那間四目相交一秒，然後再次轉頭面向京香姑姑。

「要怎麼辦……是指？」

「你們已經訂婚，開始男女間的交往了對吧？雖然我還沒有允許。」

「…………」

這個人說話的方法真的讓人很難反應耶，跟剛才完全不同。

就是這種地方會產生誤解吧。只要知道這一點——雖然對年長的姊姊這樣講也很奇怪——但這也是讓人覺得很可愛的部分。

我稍微思考一下……

「呃……一切很順利。」

就這麼回答。按照我的經驗，京香姑姑應該這樣就會把「真正的重點」說出來。

「正宗。我重複一遍，關於你們交往的這件事……我們還沒有允許。」

「是。」

我們。

這是指京香姑姑——還有我們過世的父母親。

我們決定等《世界妹》的動畫播放，「兩人的夢想」實現後，要到墓前報告交往跟訂婚的事。

——她是想說在那之前禁止交往嗎？

要這樣斷定太輕率了。尤其是跟京香姑姑對話時，需要聽到最後並仔細思考的程序。不然會馬上往不好意圖的方向誤解。

因為京香姑姑是個讓對方產生誤會——有如「妹妹（戀愛喜劇女主角）」般的妹妹（女性）。

「但是，我並不打算阻止你們交往。」

看吧。

這時，她看起來像是微微笑著。

「正宗、紗霧……直到跟哥哥他們報告完之前，我都不會允許你們交往。但是……我會默認這個行為。」

「京香……謝謝妳。」

紗霧……等等（Stay）……還沒有……現在高興還太早。

對手可是京香姑姑喔……要冷靜沉著地聽到最後……

「只不過，這有個條件。」

妳看，來了。

「條件嗎？」

「對……雖然這麼說，但也不是什麼需要緊張的條件。在某方面來說，這是當然要遵守的事情。」

「在跟哥哥和大嫂報告之前，請你們保持清純的關係。」

「————————」

聽到完全沒有預料到的話，我跟紗霧一瞬間僵住，然後注視著對方。

之後兩人同時瞬間變得面紅耳赤。

「什……什麼麼麼……清——清純的關係！」

「妳、妳妳妳、妳在說什麼啊，京香姑姑！」

我們慌張地放聲大喊，紗霧還興奮到不斷亂揮雙拳。

「京香妳好色！變態！色色大姊姊！」

「我沒有很色！」

承受到紗霧慣例的三連喊，京香姑姑也滿臉通紅地動搖了。

「超色的啊。不但穿了超色的水手服，還表演了情色漫畫光線啊！」

「那是妳要我表演的吧！」

也許是回想起當時的慘痛回憶，京香姑姑雙眼瞇成><狀大喊。

她很刻意地「咳咳！」一聲。

「請不要岔開話題……這是要認真討論的事情。」

「…………對不起。」

紗霧老實地道歉，跟我一起端正坐姿。

京香姑姑也終於恢復冷靜，續道：

「聽好了，總之我要求的事情是直到你們正式結婚……不……直到去墓前報告為止也無所謂。希望你們不要做出國高中生不該有的婚前行為。」

還婚前行為咧。

不過，這應該是京香姑姑顧慮到還是國中女生的紗霧而使用的表現方式吧。

老實講，對我們來說反而很害羞。臉頰變得好燙……

「…………嗚嗚。」

坐在我旁邊的紗霧也由於太過害羞，低下頭顫抖著。

總而言之，京香姑姑的主張我明白了。

簡單來說就是——

直到在墓前報告交往與訂婚的事情前，你們別做色色的事情。

這麼一回事吧。

我立刻點點頭。

「我明白了，京香姑姑。沒問題。就我來說，原本就認為那種事情還太早了。」

「……你能明白真是太好了。」

京香姑姑滿足地點頭。

可以盡早結束這段羞恥的問答也讓她感到很開心。

她筆直地看著我們說：

「正宗、紗霧，那麼……請你們多多注意。」

「…………………」

紗霧低下頭聽著這句話。

時間來到日期改變的深夜一點，我心滿意足地鑽進被窩裡。

早上，我把家事或工作等每天固定的例行事務完成。

接著去學校、參加腳本會議……在編輯部工作，將回家後的工作弄完。

今天的自己很努力。工作進展很順利……一天的最後，又發生非常棒的事情。

就這樣熟睡到早晨，明天也照這樣繼續努力吧。

我閉上眼睛，暫且等待睡意造訪。

……就在這時……

嘰——有道細微的聲音響起。

是房間門打開的聲音。

……嗯……什麼……？

微微睜開眼睛後，昏暗的房間裡……浮現一名少女的身影。

「……紗霧？」

那是身穿睡衣的紗霧。

單手抱著她最中意的枕頭。

——是作夢嗎？

一開始我是這麼想。

所以沒有馬上行動。

畢竟我跟平常一樣想著紗霧入睡——

由於才被警告說別做色色的事情，所以莫名地帶著那方面的想像睡著——

喔！難道是紗霧來到我色色的夢境裡嗎……？

我開始驗證非常像高中男生的情色想法。

可是，這實在越看越像是真人。

「嗯嗯……？」

揉揉惺忪的睡眼後，再次確認。

我緊盯著胸口的部分……如果這是色色的夢，那紗霧的胸部應該會再豐滿一點才對。可是沒有，絕望地沒有。

結論——這是本人。

「紗霧！」

我慌忙跳起來。

還好沒有把她當成超色夢境裡的登場人物，對她說奇怪的話！

「怎、怎——怎麼了？」

「那個……哥哥……今天……可以跟你一起睡嗎？」

「咦……咦咦！」

血液瞬間衝上我的腦袋。

咦？這果然是色色的夢——不是……吧？

「不、不不不……我們不就是因為一起睡會很不妙，所以分房睡嗎？」

沒錯。直到不久之前，我們都是在相同房間裡一起生活。

照紗霧的說法——以「同居」為名義。

不過像這樣正式開始交往，還訂婚之後。

如果在這種情況下還繼續同房、睡在同一張床上會很糟糕，於是變回原本的房間分配。

因為有過這樣的來龍去脈，才會讓我感到吃驚。

紗霧走到陷入慌亂的我身邊，柔弱地低聲說：

「是沒錯……可是，不能一起睡覺嗎？」

「————」

我僵住身子，有種無法呼吸的感覺。

紗霧再度往我走近一步。

「……你討厭嗎？」

「當然不討厭！可是！」

「噓、噓……！會被京香聽見的吧？」

「唔嗚……！」

紗霧單膝跪在床邊，用手把我的嘴巴摀住。

這個家裡頭有我們兄妹的監護人，也是重要的家人京香姑姑在。
如果被那個超正經的人發現這個狀況……那事情會很嚴重。
畢竟到頭來，交往跟訂婚都還沒有獲得許可。
而且才被給了個特大號的警告，要我們節制婚前行為。
不對！當然，紗霧也不是為了那種目的才跑來的！
紗霧把手從我的嘴巴拿開。
「……就、就不要給京香知道…………我們一起睡吧？」
「啊，不是。那個……就是……」
其實我不是因為怕京香姑姑生氣，才抗拒跟她同床共寢。
而是在成為男女朋友之前，理性都差點崩壞了……
要是在「現在」這種雙方心意互通的情況下，跟紗霧一起睡……
絕對無法忍住！
「……唔……！」
我煩惱著不知道該怎麼跟紗霧說明才好。說不定直接告訴她就好，可是那樣很讓人害躁，心情上也害怕如果被討厭的話該怎麼辦……
「嘿咻！」
「喂，等、等等！紗霧！」

不要在我煩惱的時候鑽進被窩裡頭啦！

「嘿嘿……我已經進來了！」

「妳喔……」

唉，現在已經感到好痛苦。臉頰超燙，腦袋也開始暈眩。

「如果你現在要把我趕出去的話，我會大聲叫京香過來。」

「嗚……真卑鄙！可、可是，照這情況來看，怎麼看都像是紗霧跑來夜襲喔！畢竟這裡是我的房間！」

「什、什麼夜襲……！不要用那麼色的說法！只、只是要一起睡覺而已吧！」

應該沒有人比這傢伙更適合用「事到如今」這個詞來形容吧。

「而且……京香會相信我講的話。」

「是啊……京香姑姑超寵紗霧的。」

怎麼辦？嗚嗚嗚……怎麼辦？要怎麼辦才好？

雖然故作平靜，但被紗霧緊貼著，我的精神就快達到危險區域了。

「好，那就一下子……我們就這樣聊天，然後妳就要回自己房間去喔。」

我勉強說出這句話。應該……有用很溫和的聲音吧……？

全身都潛進被窩裡的紗霧，發出「噗！」好像很不滿的聲音。

她像是要抵抗般緊抱住我。

「嗚哇！」

這觸感！我的理性！

「紗霧！快、快住手！」

我勉強進行抵抗，用單手把紗霧推開。

這時，實行危險擁抱的本人發出困惑的聲音說：

「……為什麼這麼不情願呢？」

「也、也不是不情願啦。」

「那是為什麼？」

「就……是——比、比起這個，紗霧妳才是……妳想做什麼？」

我不知道該如何回答，反過頭以問題回答。結果紗霧她說出非常明確的理由。

「哥哥跟我應該要再多打情罵俏——因為都已經訂婚了！」

「————」

抵抗的力量迅速從我體內流失。

「其實我很想一直黏著哥哥……可是我們都有工作……沒辦法……所以……一起睡覺吧？」

唉……真是的。這種情況根本不可能抵抗。

是嗎……她是這麼想的啊。

我輕輕撫摸她的頭。

「今晚的紗霧跟平常有些不同……讓我有些混亂。」

「是、是嗎？跟平常的我……不同？」

「是啊……比平常還要……成熟……不對呢……是……比平常更有魅力。」

「…………是這樣啊……」

嘿嘿……她輕輕微笑。

可惡，真可愛。

雖然用「更有魅力」來表現，但這不是成熟的魅力。

今晚的紗霧有充滿稚嫩的煽情感。

簡直就像小惡魔──

「──紗霧……難道說，這招是別人教妳的嗎？」

「咦？為、為什麼會問這種問題？」

「果然被我猜中了。來猜猜是誰的主意──是惠吧？」

我從小惡魔這個詞想到了。

今晚的紗霧──跟惠很像。

「──猜中了。我去找小惠商量……她就幫我想了這個作戰。」

「妳跟她商量了什麼？」

「我想跟哥哥一起睡。」

「…………………………」

她絕對想成不一樣的意思。

呀啊——！紗霧妳好大膽！

彷彿可以看見惠那種興奮不已的表情。

「哥哥……你才是為什麼那麼抗拒？是因為怕被京香罵嗎？」

「……不是。」

「那是為什麼？」

剛才矇混過去的問題再次向我丟過來。

「……………………………可不可以別說？」

「不行，這次不會讓你矇混過去。」

紗霧不安地說著。

「……唉……這樣啊。」

看來需要下定決心。

如果不回答這個問題，應該會不斷重複相同的狀況。

畢竟紗霧也跟我說了真心話……

「紗霧，我之所以抗拒跟妳一起睡覺的理由……」

「嗯，理由是？」

「因為我會想要對妳做色色的事情。」

「…………………………」

一瞬間，紗霧露出「這個人在對我講些什麼啊？」的驚訝表情，靜止不動——

「呼咦咦咦！」

然後立刻變得面紅耳赤。

「色、色色的事情是……」

「像是親吻啊……或是想脫掉衣服，撫摸妳。」

「～～～～～～～～～～～」

「還有……」

「我的意思不是要你詳細講出來啦！」

「啊，是、是嗎？」

…………………………

……………………………………………………

因為羞恥而快被燃燒殆燼的沉默充斥在房間裡。我依舊躺在床上被紗霧緊緊抱住，兩人還是貼在一起。

紗霧的身體好熱。兩人的體溫都不斷上昇，甚至快要流汗。

無法得知紗霧在想什麼，應該說這種氣氛讓人無法忍受。

還能像這樣保持著清醒的意識，算很不可思議了。

我的精神像在走鋼索。

在逼近極限的位置踩緊煞車。

紗霧伸出手臂，主動移開緊貼的身體，接著戰戰兢兢地說：

「……哥哥。」

「……啊、嗯……怎麼了？」

「……我……很不安。不知道……自己能不能勝任哥哥的……女朋友，也不知道……有沒有被當成是充滿魅力的女孩子……看待。」

「這種事情……！」

從開始交往之前，我不是每次見面都一直說妳很可愛嗎？

「因為……不管是小村征還是小妖精……她們都好色……又好懂得展現自己……我……根本贏不了。雖然知道不會有那種事情……可是自從開始交往以後……每當我要觸碰哥哥時，你都會逃跑……會想說你是不是討厭這樣，是不是……沒有那麼……喜歡我。」

「不可能有那種事吧！」

為什麼要說那種蠢話！

「……真的嗎？」

紗霧向上瞟著我。淚眼汪汪，快要流下淚水……

「你真的……不是因為……討厭我……才躲我的嗎？你不……討厭……跟我接觸？」

「才不討厭……根本是相反！我說過了吧！剛才——就是說……會變得……很想要……因為太喜歡妳，感覺快忍不住……我很害怕讓妳觸碰我。」

「是、是嗎……是這樣啊……」

紗霧「呼～」地吐出一口氣。

不斷用額頭磨蹭我的胸口。

「……………………」

我暫時隨她這麼做。

這次應該有把我的心情傳達給紗霧吧。

真是的……

仔細想想，自己好像講出了什麼超級羞恥的話——

可是如果這樣能消除紗霧的不安，那就無所謂。

就算再怎麼丟臉，要我做幾次都行。

「那個，哥哥……」

「嗯？紗霧，怎麼了嗎？」

當我溫柔地回問時，紗霧……更用力地緊緊抱住我。

「……一下下的話…………………可以喔。」

我遭受到像被閃電擊中的衝擊。

「咦……啊……唔咦……？妳剛才……說什麼？」

全身太過用力，變得口齒不清。

紗霧把剛才講的話更明白地重複一次。

「……只是一下下的話……要對我……做色色的事情……也沒關係喔。」

「…………………………………………」

突破極限。

某種事物被切斷，我終於從纖細的鋼索（Rope）上掉落。

一直被壓抑的欲望受到解放……

我把臉緩緩貼近紗霧的嘴唇——

喀嚓。

「正宗，紗霧有過來這邊嗎？」

嗚哇啊啊啊啊啊啊啊啊啊啊啊啊！

真想稱讚沒有大喊出來的自己。

發生超級糟糕的劇情了——京香姑姑開門走進來。

和泉京香——我年輕的姑姑，不但理解我們兄妹，同時又是監護人。

她穿著藍色系的睡衣，散發出成年人的魅力。

「嗚喔！」

由於在最糟糕的情況下遭到突襲，我從嘴巴裡洩漏出不完整的慘叫聲。

「京、京京京、京香姑姑？究、究究究、究竟怎麼了？」

我完全像個可疑分子般詢問。

紗霧則在棉被裡緊抱著我發抖。

從那邊應該看不到才對……可是。

京香姑姑跟往常一樣，有如「冰之女王」般面無表情地站著……

「那個……我想說今晚要跟紗霧一起睡……所以就去她房間看看。」

她那張鐵面具稍微放鬆下來。

看來似乎是感到害羞。

京香姑姑對於自己可以跟我們兄妹成為一家人這件事，感到非常開心。

更進一步來講，甚至可以說是興奮。

雖然平常隱藏著，但是跟外表不同，她是名非常黏人的女性。

所以應該是想跟成為家人的紗霧變得更要好，想跟她一起睡吧。

可是，為何偏偏是今天晚上？

「家裡到處都找不到紗霧。既然這樣，就只剩這個房間而已……」

正宗，紗霧她有過來嗎？

京香姑姑平靜地重複一遍。

——啊，這下子沒辦法矇混過去。

如果回答「沒有過來」，會演變成大騷動。

我放棄抵抗地說：

「紗霧的話，她在這邊。」

翻開棉被給她看後，京香姑姑的眼睛立刻銳利地瞇起來。

「……紗霧、正宗，你們剛才跟我約好的事情……還記得嗎？」

嗚哇啊～……這次她……真的生氣了。

「是。」

「是的。」

我們在床上跪坐著。

那些色色的情緒全部都被吹跑了。

京香姑姑低頭看著我們，釋放出如同暴風雪的壓力。

「……你們都還是小孩子。即使已經在從事跟大人一樣的工作，這種事情還是太早——身為監護人不能視若無睹。」

「京、京香，可、可是……」

「……也對……要用理論來抑制感情非常困難，這點我也有經驗。」

她說，自己也曾經有過只能情緒化地對待的人們。

「所以。」

「所以？」

京香姑姑高舉起單手拿著的枕頭，露出極難辨認的小小微笑……

「今晚，讓我們三個家人和樂融融地睡覺吧？」

這麼說。

母子三人，躺成川字型一起睡覺——

對我們而言，或是對京香姑姑而言，一定都是夢寐以求的狀況。

也是幸福的日常景象。

可是，請讓我說一件事。

紗霧明明毫無防備地睡在身邊，卻要我在京香姑姑的監視下睡覺……

這會不會太痛苦了？

情 ero manga sensei 色漫畫老師
第三章

第三章

十月中旬的星期六。

這裡是千葉縣某市，梅園家宅邸附近。

穿越櫻花行道樹，來到寂靜的山丘上，那間學校就矗立於此。

國中部的校舍是西洋風格的白色建築。

抬頭看去，宛如莊嚴的神殿。

「…………」

我輕聲嘆口氣，並把視線往下移。

門柱上刻著校名。

寫著「私立　菜之花女子學園　國中部」。

是天主教系的教會學校。

似乎是──國高中直升制的大小姐學校。

也就是女校。

環視周圍，身穿制服的清純少女們散發出讓人難以靠近的大小姐氣息。嗚嗚……好像能在背景……看見白百合的幻影……

「……話說，我跟這個地方實在格格不入。」

「嘻嘻～征宗，你幹嘛嚇成那樣啊！」

站在身旁的妖精用手肘輕撞我的側腹部。

「因為我是個普通的平民，只是個男高中生喔，女校……而且還是百分之百的大小姐學校，幾乎就像異世界一樣嘛。」

而且眼前剛好也有異世界種族在。

山田妖精——住在我們家隔壁的超級暢銷美少女作家。

然後……也是我們兄妹的好友。

「不過，只有你在的話的確很顯眼。」

「對吧？」

「不過沒問題！有本小姐陪著你！」

咚，妖精笑著拍拍自己的胸膛。

「看看本小姐這身服裝！這可是為了今天精心挑選的！」

妖精身上穿的是讓人聯想到修女的黑色服裝。

誇張華麗的髮型今天也弄得有點保守。

原來如此，這麼一說的確有點像「日本千金小姐」。

明明是金髮碧眼。

跟在周遭走動的女學生們比起來，這身打扮說不定是很適合這個地方。

雖然每次都這樣——但真適合她。

不管是泳裝、淺色蘿莉塔還是制服，不管穿什麼樣的服裝，甚至是全裸。

這些都會變成「很有妖精風格」的服飾，總是會這樣。

「菜之花女子學園——感覺會有森嚴的警備保護學生裡的千金小姐們。哼哼，不過只要有本小姐在身邊，就不會發生你被警衛當成可疑人士架出去的事情啦。」

「妳真的很可靠耶。」

「對吧，就是說吧。」

她神氣十足。可是我覺得，這傢伙確實有資格擺出這麼跩的姿勢。

如果跟妖精在一起，就算是到人生地不熟的海外——甚至是轉移到異世界去，感覺都有辦法渡過難關。

如果說出這些真心話，她會更得意忘形。所以這就不講了。

「……再次喜歡上本小姐了吧？」

「吵死了。」

不對……說不定她早就看穿我的想法了。

『唔唔……哥哥，你跟小妖精貼太近了。』

從平板電腦那邊傳來紗霧的聲音。由於覺得在這邊使用實在不太好，所以應該調成只聽得見聲音……不過她似乎光靠這樣就察覺到妖精急速逼近。

女孩子還真恐怖。

妖精則把臉靠到紗霧（平板電腦）旁邊。

「呼呵呵……紗霧真是的，還會擔心未婚夫被本小姐搶走啊……哎呀呀～還想說你們應該很恩愛才對，難道說還有給本小姐趁虛而入的破綻嗎？」

『沒有，沒有破綻。』

紗霧斷言兩次。

『不過因為是小妖精……得好好戒備。』

「這真是……光榮呢，情色漫畫老師。」

『人家不認識叫那種名字的人！』

啪嘰，兩人之間迸出火花。

目前在校門口集合的，是我、紗霧還有妖精三個人。

雖然有點晚了，但說明一下狀況吧。

我在上個月跟村征學姊約好要去她學校舉辦的校慶玩，之後我把要參加的成員告訴學姊。

然後就在九月底的時候——

第三章

——私立　菜之花女子學園　聯合校慶　邀請函

——和泉正宗先生　和泉紗霧小姐

一封誇張的邀請函送來家裡。

充滿光澤的堅硬紙面上印著黑色的文字，是很正統的邀請函。

看到時讓我嚇一跳，首先……

——村征學姊是念女校嗎！

就是這件事。

沒有啦，因為女校校慶的門檻太高了吧……

對輕小說作家和泉征宗來說，可以去採訪取材或許很高興啦。

但是對男高中生和泉正宗而言，會先感到緊張跟膽怯。

因為所謂的女校，感覺很可怕嘛。

好像會用貴安互相打招呼，還有姊妹(Soeur)制度……

還會有紅薔薇大人(Rosa chinensis)或是白薔薇大人(Rosa Gigantea)吧？

真的很抱歉，女校在我內心就是這樣的形象。

名作的影響真的很大。

話說回來，白薔薇大人——聽起來是超強大的名字呢。

啊，不行不行，在挨罵之前回到主題吧。

是講到關於邀請函吧。

首先，我對村征學姊念女校這件事感到驚訝。

再來看到她念的國中名字，更讓我大吃一驚。

——菜之花女子學園。

雖然知名度比不上都內的有名學校，但也是內行人都知道的正統派大小姐學校。

那位總是穿著和服的村征學姊。

那個看起來就是位和風美少女的梅園花妹妹。

沒想到是念天主教系的教會學校。

這當然會驚訝吧！太讓人意外了！

可是仔細想想，那個人也毫無疑問地是個居住在豪宅的千金大小姐……

這也算……很正常吧。

雖然跟形象不合。

「……………………」

——那麼，就是這樣子。

現在是十月中旬的星期六，「菜之花女子學園」校慶的第二天早上。

我重新環視一下校門附近。

學校用地被雅緻的白色柵欄與樹木包圍著。與其說是學校……果然還是神殿、宮殿……這些稱呼比較合適。

由於是校慶當天，我們所在的校門口確實很熱鬧。可是該怎麼說——這裡依舊是個很沉穩的空間。不像是祭典，而是更讓人想用儀式來形容的氣氛。

妖精低聲自言自語地說：

「被美麗的柵欄所包圍，培育出不懂世事的千金小姐——有如花圃的學校呢。」

她說得真時尚。

很有妖精的風格。

「哥哥，我也想看！我想用舔遍她們全身的眼神，仔細觀察這群就讀大小姐學校的美少女們！」

這傢伙說得有夠猥褻！

真有情色漫畫老師的風格！

「我會被當成可疑分子逮捕的，妳就忍耐一下吧。還有也別說危險的發言。」

妳看，有大小姐們偷瞄這邊了啦。

「呼，真是的……」

作為紗霧「耳目」的平板電腦，感覺讓身為這間學校學生的村征學姊來拿會比較好。

雖然沒有在攝影，可是男生把鏡頭朝向女學生感覺就很糟糕。

「所以，跟村征會合之前先把紗霧封印起來。」

「啊啊，好狡猾！」

啪嗟！妖精把平板電腦闔起來。

於是吵著「讓我看大小姐們！」的聲音就此中斷。

把邪惡之物關進平板裡——這的確是種封印。

順帶一提，這裡是國中部的校門，高中部似乎有另外一座校門。

國中部與高中部的校舍應該是在同片用地內吧。

對我這個平民而言，這種感覺有點不可思議。

當我還是國中生時，三年級生就是最年長的學長姊……他們看起來就像成年人一樣。但是在這間學校裡，身旁還有更年長的學姊們——也就是高中生在生活。

對國中部的學生們來說，這是什麼樣的感覺呢？

是跟六年都就讀同一間學校的小學生時代差不多嗎？

還是說……這間學校就是如此寬廣。跟高中的學姊們沒有什麼見面的機會，所以平常上學時也不會意識到呢？

我不禁深深思考這些事情。

彷彿打算要用這間學校為舞台，撰寫出一部小說。

這個地方就是優秀到足以直接拿來當成創作的舞台。請各位原諒一下我這小小的職業病，不過如果嚴重到剛才情色漫畫老師那種程度就真的有罪了。

妖精好像也在思考跟我差不多的事情，她很開心地觀察周圍。

「妖精，在人潮變多之前先進去吧。」

「也是，難得提早過來了。」

我們走進校門後，立刻前往登記櫃檯。

櫃檯似乎位在名叫行政大樓的建築物裡。

穿過校門後看到幾名身穿黑衣的警衛站在那邊，若無其事地監視入場人員。

我們按照引導遊客前往行政大樓的看板前進，走進有如高級飯店的建築物。

「歡迎來到菜之花學園的校慶，請在這邊完成入場手續。」

「好、好的……」

這已經不是國中的登記櫃檯了吧。

把邀請函跟身分證明拿給櫃檯，請他們發行入場證明——

「呼……這樣總算可以進去了。」

原來如此，這樣可疑人士的確很難通過。

「看來戒備森嚴是真的，我還是第一次在學校遇到這種狀況。」

「是嗎？不是大概都這樣？這在日本的學校很稀奇嗎？」

「我覺得這很稀奇喔。」

「呼嗯～」

妖精感到有些疑惑。

……………

這麼說來，這傢伙也是天生的千金小姐吧。

「對了，征宗。集合地點是在這邊對吧？」

「嗯，十點時大家會在行政大樓的大廳集合。村征學姊也說到時候她會來這邊接大家。」

「哎呀，本小姐想主動去她的教室的說，想看看她們賣什麼東西。」

「我也這麼說過，但她說在這裡等就好。」

「喔～……是這麼一回事啊。」

好像察覺到什麼，妖精自己一個人點點頭。

我看手錶確認時間。

「還有時間呢。」

「好，征宗！那我們走吧！」

妖精抓住我的手，精神百倍地跑出去。

「喂、喂喂！妳要去哪裡啊！話說，不等大家嗎？」

「等時間快到再回來就好啦！呵呵呵，本小姐想到一個很有趣的點子。」

她這麼笑著，拉著我跑到建築物外頭。

「來，走吧！」

「妳想幹嘛啦……」

無可奈何之下，我只能配合她開始小跑步。

然後……

「………………」

妖精的體溫從牽住的手上傳來，還有嬌小柔軟的手指觸感。

——不行，我感到動搖了。

如果是剛認識的時候，明明絕對不可能發生這種情況。

雖然自己講也很奇怪，但我對喜歡的人算是很專情。

可是，妖精有時候卻能讓我感到一陣暈眩。

真是可怕的女孩子，恐怕比我知道的任何戀愛喜劇女主角都還可怕。

——唔啊啊！不行不行！得堅強一點才行……！

我強硬地讓產生動搖的心情振作起來，也為了轉移注意力說：

「展示好像已經開始了。」

「好像是呢。你看那邊，正在準備舞台。」

妖精停下來用手指著的，是企業舉辦的活動也很難見到的高檔舞台。舞台上，教職員正跟國

中部的學生們自行檢查器材。

「真的耶。這是要辦什麼活動呢？吹奏樂社的演奏會嗎？」

「舞台旁邊有擺看板。雖然有掛著遮罩所以幾乎看不到……不過角落那邊是不是寫著『選美大賽』啊？」

「妳的視力真好……從這邊我看不到啦。」

「喔～好像很有趣！不是學生的本小姐不知道能不能參加！呼呵呵！要不要稍微去拿個優勝回來呢～～～～♪」

非比尋常的自信。

不過……

「那不是很好嗎？妖精的話，應該可以輕鬆優勝吧。」

「——唔，竟然回得如此自然……這不是會讓本小姐心動嗎？」

妖精把手抵在胸口，臉頰也開始泛紅。

會讓人心動是我想說的台詞啊。

她保持著羞澀的表情，露出開心的笑容。

「呼～～嗯……身處於充滿美麗千金小姐們的校園裡，你卻認為本小姐可以輕鬆優勝嗎？這一定不只是國中部的學生，也許連高中部那些豐滿的大姊姊們也會參賽喔。」

「大小姐學校的選美比賽，我想應該不會直接地用泳裝審核來比較身材吧。再說，就算有也是妖精會贏，根據我在海邊集訓時的回憶。」

啪！我的後腦勺被拍了一下。

「唔、喂！不要在外頭回想起本小姐煽情的泳裝模樣好嗎！色鬼！」

「明、明明是妳充滿自信地展現給我看的！」

會不會太不講理了？

「那種事情等我們兩個人獨處的時候再做啦！笨蛋！」

妖精很跩地抱起雙臂，苦笑地說聲「真是的！」

然後單手抵在臉頰上。

「不過，算了。你能給予這麼高的評價，本小姐很開心。」

她緊盯著我的眼睛。

「是、是嗎……喂，妳靠太近了！」

看到我動搖後腳步踉蹌，妖精發出呵呵笑聲。

「不過太好了呢，還好剛才的對話沒給紗霧聽見。」

「唔！」

聽到致命一擊的關鍵字，我瞬間僵住。妖精靠到我耳邊，在能感受到氣息的距離下——

性感地低聲說：

「放心……本小姐會幫你對那孩子保密。」

「不要講得好像我劈腿了一樣！」

這講法也太難聽了！明明本來就因為學姊的小說，讓「劈腿」跟「外遇」這些危險詞彙變成紗霧內心的熱門關鍵字！

「啊哈哈哈哈——！」

妖精捧腹大笑——她肯定是知道還故意這麼講的。

重新打起精神。

我們穿越寬廣的校園，往校舍走去。

在這途中，也能看到各種由學生們營業的「店面(shop)」。

由於是校慶，說不定該稱為「攤販」或「露天店舖」比較好……

可是完全沒有「攤販」的感覺。

飲食店是時髦的露天咖啡形式，餐點看起來也是在室內調理的。

菜單也不是炒麵或章魚燒這類祭典的必備料理，而是餅乾、司康或是名字很長的咖啡和紅茶列在上頭。

也許是我多心了——但是在咖啡廳談笑的人們看起來也很高貴。

而且……

「喂、喂喂，妖精……是馬！有馬耶！」

「？咦……難道你沒有看過馬？」

「看過啦！不要用那種同情的眼神看我！不是那種意思……！」

我再次強調眼前出現的異常狀況。

「學校用地裡有馬耶！」

「這裡是學校啊，有馬也不奇怪吧。」

「很奇怪——！普通的學校絕對不會有馬！妳是在講哪邊的學校啊！」

「本小姐在老家時念的學校。」

「出現了！真正的千金大小姐！」

根本無法溝通！

話說，山田妖精老師啊……妳不只是奇幻作品，也有寫過現代的校園戀愛喜劇吧？真虧妳寫得出來耶！靠那種常識！

「開玩笑啦，開玩笑。日本的學校裡很少會有馬呢。」

「……別嚇我。這跟常識相差太多，害我以為自己轉移到異世界了。」

「抱歉抱歉。」妖精如此道歉。

牽著馬的馬術社大小姐從我們面前走過。

目送她離去後，妖精指著校舍。

「那麼，我們趕快去看看吧。」

「看什麼？」

「那還用說——」

妖精俏皮地閉上單眼。

「我們很熟悉的那個女孩，在這個異世界過著什麼樣的生活——現在去看看吧！當然要沒先告知就突擊！呼呵呵，她絕對會嚇一跳～～♪」

看來這就是妖精說的「有趣的點子」。

「真受不了妳。」

妳也是像這樣突然跑去我學校突襲的呢。

就這樣。

我們沒有等草薙學長跟惠他們來，就先進入菜之花學園國中部的校舍。

「喔，滿普通的嘛。」

「是很高雅的樸素感呢。」

稍微環視一下裡頭，沒有外觀那種宛如神殿的異世界感。

一樓有鞋櫃，有用油氈地板鋪成的走廊，然後是一排教室。

其中一間是簡易的禮拜堂（Chapel）。

這是我們想像的「普通學校」再加上一點教會要素。

不過要說有什麼不同的話，就是有瑪利亞雕像跟縱長形的窗戶而已吧。

在樓梯間等等能看見彩繪玻璃，醞釀出如同教會的氣氛。

整體上是種帶有圓潤感的設計，而且大量地使用白色。

校舍內部的景觀給人溫和又清廉的強烈印象。

念這種學校的女學生，想必會被培育成優雅端莊又美麗的女性。

「連純白的『箱子（Package）』裡都讓人產生純白的錯覺，這是設計師使用的魔法呢。」

妖精這麼說著，像是察覺到我平凡的感想。

「別用那麼討人厭的說法啦。」

「這跟可愛封面插畫裡的輕小說女主角，讀起來會很可愛是一樣的意思喔。」

「別用那麼討人厭的說法！」

這在某種層面上，是輕小說作家最大的思考主題。

自己作品給讀者帶來的影響中，有多少是插畫造成的效果。

在立場上，從讀者看得見的部分是我連主張推論都無法的難題。

只不過，如果我有什麼想說的……

「我說，妖精老師啊。既然都準備了純白的『箱子』，那當然會有符合外觀的『內容』才對吧？」

至少我一直都在想，自己寫出來的文章不能讓情色漫畫老師幫忙畫的「封面（女主角）」蒙羞。

「很有你風格的想法呢。不過，這間學校的『內容』可是那位古怪的和風文學少女村征妹妹喔。」

「……不要提起這件事啦。」

「箱子」跟「內容物」完全不同啊！

雖然剛才妖精也說過——

「村征學姊的學校生活是怎麼樣的呢？完全無法想像……」

「果然會很突兀吧。周圍都穿著制服，卻只有她一個人穿和服。感覺休息時間她也不會跟別人講話，只會自己一個人寫小說。」

「再怎麼說，這種想像也太糟了吧？」

抱歉，村征學姊。

我可以在腦海裡清清楚楚地想像出學姊在班上被孤立，孤身一人執筆的模樣。

——我們一邊聊著這些，一邊在校舍裡前進。

走上二樓後，走廊上有一排一年級生的教室。各個教室前方都有立起看板，上頭寫著各個班級的活動。

走廊被五顏六色的色布或色紙裝飾，跟校園和一樓比起來，給人更加熱鬧的印象。

應該是學生們親手製作的廉價裝飾，給了身為平民的我一股安心感。

這是經驗過好幾次的祭典氣氛。

「喔～很熱鬧嘛，總算變得比較像校慶了。」

「是嗎？跟其他學校比起來，這算是很收斂了。你想想，校慶中不是很常見到窗外有一整排彩色氣球，然後還插滿了旗子。」

「啊，這麼說來沒有那種裝飾呢。」

「大概是顧慮到不要影響到校舍的外觀吧？畢竟這棟校舍跟『校慶常見的裝飾』很不搭。」

「喔，說不定是這樣……所以走在外頭的時候，才會沒有校慶的感覺嗎？」

所謂的校慶，我覺得那種廉價的手工感是個重點。

從這方面而言，來到這層樓之前該怎麼形容呢……讓人坐立不安。

出現在眼前的這種景色是我熟知的校慶。

雖然所有學生都是上流社會的大小姐，沒有吵死人的男學生跑出來拉客人。不過，那個沒有也無所謂。

原本還覺得像誤闖進異世界，但我的情緒越來越興奮了。

「好耶，很棒嘛。感覺真有趣。」

「呵呵，光是看著就很令人興奮呢——有鬼屋跟小裝飾品店——那邊有占卜館耶！喂，征

宗！要從哪裡逛起？」

妖精緊抱住我的手，而我裝作平靜地把她的手拉開。

「喂喂，不是說要去村征學姊的班級突擊嗎？」

「哎呀，說得也是。糟糕，糟糕。」

雖然感到有些遺憾，但她繼續走上階梯。

村征學姊的班級是三年一班。

應該在四樓的某處。

我們抵達四樓後，漫步在熱鬧的走廊上隨處觀看。

「嗯嗯？噯，征宗，難道——是那個？」

妖精指向前方，我也往她指的方向看去。

「我看看……那是什麼店？」

在這排很有大小姐們的風格，略顯「收斂」的店家裡……

只有這個班級很特異。

立著的看板上寫著「三年一班角色扮演咖啡店♡」——

然後畫著身穿**女僕裝**的**貓耳美少女**插畫。

「哇，那是什麼？大小姐學校的角落裡，出現了很久之前的秋葉原景象耶。」

「看起來超突兀……而且三年一班……這難道是……」

「是村征的班級……對吧？」

…………………………

我們呆站在原地，互相看著對方。

和風文學美少女的村征學姊，念的是大小姐學校這點雖然也很驚人。

可是她班上開的店，竟然是「角色扮演咖啡店♡」……？

這是雙重衝擊，一切都太不搭調。

妖精把手抵在下顎思索。

「唔嗯……村征那傢伙不約在教室，特地要大家在行政大樓的大廳集合，應該是因為不想讓我們到她的班上吧。雖然本小姐有預料到這裡……所以才覺得不通知就到她班上突擊會很有趣，感到很興奮——可是『角色扮演咖啡店♡』這點就沒有預料到了……」

「妳都在想那麼惡劣的事情嗎？」

「呵呵呵……好啦……現在連本小姐也無法預料接下來會有什麼狀況等著我們。征宗！你做好心理準備了嗎？」

妖精舔了舔嘴唇，講出像是冒險者要衝進洞窟（地下城）前講的話。

看來她已經從衝擊中振作起來，重新燃起了士氣。

「喔、好……那我們去看看吧。」

村征學姊就讀的三年一班——「角色扮演咖啡店♡」。

我們前往這個比地下城還神祕的地點。

不過……

「哎呀，門關著呢。是還在準備嗎？」

「看吧，就說還太早了。我們回去吧。」

「咦～明明都來到這邊了——不好意思！」

妖精站在門前，朝教室裡喊。

教室的門微微打開。

「是的，請問是哪位？」

有名女學生從裡面探頭出來。

這正好是紗霧常做的動作。

雖然縫隙沒有大到可以看見裡頭，不過她自己好像穿著女僕裝……

「是朋友招待我們過來的，不過這個班級的活動還沒有開始嗎？」

妖精光明正大地問。

「那個……我們還在準備中……還請兩位稍等一下……」

女學生轉頭朝向教室裡面，跟「裡頭」好像在小聲地講些什麼。

「嗯……嗯……金髮又很漂亮的女孩子……應該是沒錯……那可以讓他們進來嗎？我知道了，那大家各就各位——」

這時，女學生再次面向我們。

「不好意思！我們已經準備好了，我來為兩位帶位！」

喀啦——

教室的門一口氣被打開。

「請進，請往裡頭走喔。」

我們下定決心走進「角色扮演咖啡店♡」。

「「歡迎光臨，大小姐、主人！」」

年輕的女僕們一起出來迎接我們。

「————」

我們因為「好幾種理由」屏息。

明明已經做好心理準備，要面對未知的地下城。

第一項驚愕的理由，是她們穿的服裝。

配色只有黑與白的長裙。這身極為古典的女僕裝，完全沒有入口的廉價感。

——這些女僕們的真實身分全都是真正的千金小姐，代表說——

「……她、她們竟然把真正的女僕裝……帶到校慶裡來穿。」

——就是這麼一回事吧。

只有真正的千金小姐才能辦到的角色扮演。

可以說是只有這間學校的學生才辦得到，極度奢侈的女僕咖啡店。

在某種層面來說，好狡猾。

而且……第二項驚愕的理由是不愧是稱為「角色扮演咖啡店♡」，裡頭不只女僕而已。她們全部都戴著貓耳、狗耳朵或是尾巴等以動物為主題的獨特裝飾品。

原本還覺得這種邪惡裝飾跟真正的女僕裝搭配不起來，但不知道是穿的人素質太優秀，還是搭配的人品味很好，這樣不會顯得低俗，而是更突顯出這群國中生女僕們的魅力。

然後第三項理由——

「征、征征征征、征宗學弟！」

好像在哪裡看過的貓耳爆乳女僕大驚失色地指著我。

這些正統派古典女僕之中，只有一個人穿著特別暴露的服裝——

就是千壽村征學姊本人。

——什……這服裝會不會太貼身了！

——眼睛……！眼睛……要瞎掉啦！

我的眼睛被這股超色的破壞力侵襲，身處於眩暈般的酩酊感中，只能勉強站在原地。甚至連隨意的吐嘈都說不出來。

站在身旁的妖精代替無法言語的我將這想法講出口。

「村、村征妳……怎麼會穿成這樣子啊！」

「不、不是的！」

跟以前穿比基尼泳裝登場時一樣，學姊擺出藏起胸部的姿勢辯解。豐滿的胸部因此柔軟地變形。

她依然沒有注意到，這個動作會讓煽情感更強烈。

「妖精！征宗學弟！你、你們聽我說！」

「不，這個再怎麼樣也無法辯解吧。妳那是什麼情色女僕裝啊！明明周圍的人都是清純的女僕，只有妳一個人穿著色色店家的角色扮演服！」

不要用那麼殘忍的比喻啦！雖然是很正確沒錯！

「就說不是了！這、這套服裝是班上的笨蛋帶過來開玩笑的！絕對不是我自己的衣服，也不是店裡原本要穿的服裝！」

「那妳幹嘛要穿上？照時間來說，只會讓人覺得妳打算穿這套服裝迎接我們。真是變態又情色的女僕。」

「唔、嗚哇啊啊～～這是誤會，我是被陷害的……」

學姊都哭了，饒過她吧……而且妖精妳自己也很清楚，學姊不可能主動穿上這種服裝吧。

反正一定是跟那時候在海邊穿上比基尼泳裝是類似的情況。

「那個……呃……村征學姊？」

我一出聲，學姊瞬間回過神看向我。

然後懇求般的變得淚眼汪汪。

「征、征宗學弟……你應該可以理解這是誤會吧？」

「這套服裝很適合學姊喔，貓耳也很可愛。」

「！嗚～～～嗚喵啊啊啊啊啊啊啊啊啊啊啊啊啊啊！」

村征學姊哭著跑進教室後頭。

這時，妖精用手肘輕撞了我的側腹部。

「笨蛋，你講得太過分了啦。」

「我是打算幫忙圓場耶……」

「那是反效果。你這樣不就對她的精神給了致命一擊嗎？該怎麼辦啦？」

「就算妳問我該怎麼辦……」

總而言之，我想要知道學姊變成那樣的緣由。

狀況太混亂了。

如果這是輕小說，會是清楚事情經過的嚮導角色登場的場面。

「在小花回來之前，讓我來陪您吧。哥哥大人。」

這時——

當我們在教室入口不知所措時，有人向我們說。

「呃……妳是？」

「初次見面，我叫宇佐美鈴音。」

名叫鈴音的少女穿著古典的女僕裝，戴著兔耳。

她有著如同絹絲的肌膚，瀏海也平直地剪齊。

是位彷彿日本公主，超正統派的和風美少女——

「我、我才是，初次見面。我是村征——不，呃……受到梅園同學招待的人……我叫……」

這位突然出現的「很像千金小姐的大小姐」讓我感到臉紅心跳。

「兩位是和泉征宗老師與山田妖精老師吧。」

「咦，為什麼——」

「因為我很喜歡看輕小說。」

「……真、真的嗎？」

「是的，我最喜歡輕小說了。」

喔喔……

村征學姊應該不會把我們的名字告訴同學們。

這麼說來……這個女孩是在毫無提示下猜中我們的名字。

先不論妖精，只在幾次活動中出現過的「和泉征宗」長相……

如果不是對輕小說很狂熱的人，應該不會知道吧。

話說回來，喜歡輕小說的千金小姐？

那麼奇特的生命體，存在於這個世界上嗎……？

「征宗、征宗。」

妖精拉了拉我的袖口。

「嗯？幹嘛？」

「本小姐也是喜歡輕小說的千金小姐喔。」

她以大拇指指著自己的臉。

這傢伙還真了解我在想什麼耶。

「對對對，是這樣沒錯。妖精老師姑且也算是位大小姐吧？」

「才不是姑且，我是貨真價實的大小姐！」

「可是現在有個遠比妳更像大小姐的女孩子登場了。」

「啊！真讓人不爽！你這種講法讓人很不爽耶！」

當我跟妖精開始吵嘴時，鈴音呵呵地發出高雅的微笑聲。

「兩位會讓人感到很愉快呢，跟小花說的一模一樣。」

「呃，妳是叫鈴音對吧。初次見面，本小姐是山田妖精喔。」

「初次見面，請問我可以稱呼妳為老師嗎？」

「輕鬆點，叫本小姐妖精就好。」

「哎呀，可以嗎？」

「當然啦，因為妳是村——」

妖精在這時頓住，往村征學姊那邊瞄一眼。

逃到教室後頭的學姊用窗簾把自己捲起來躲著。平常冷靜的模樣完全不見蹤影，相當可愛。

妖精嫣然一笑後，把講到一半的台詞重新說一次：

「妳也是小花的朋友吧？這樣對本小姐來說也是朋友，可以的話請妳不要用敬語。」

她應該是顧慮到村征學姊可能會對同學們隱藏筆名的可能。

妖精是個非常會察言觀色的女孩子，跟她對話時都會覺得話題可以很快進展下去。

不過也因為這樣，當妖精跟我以外的人講話時，聽起來像是話題很跳躍，像現在也是。

照妖精的說法——名叫鈴音的少女是村征學姊的朋友。

雖然覺得我們的對話裡沒有能確定這一點的根據……

可是鈴音笑著肯定這件事，恭敬的語氣也稍微緩和一些。

「嗯。既然這樣，小妖精跟我也是朋友。畢竟我是小花的好友。」

「喔，是好友啊。」

她們似乎是好友。

——真讓人驚訝。

村征學姊在班上可能會被孤立——我們明明原本還很擔心。

「小花她在班上很受歡迎喔。」

「很受歡迎嗎？」

不免連妖精也大吃一驚，她指著被窗簾裹住的村征學姊……

「騙人的吧？因為那傢伙——超級自我中心又對別人沒興趣，不但痴迷於小說，還只有外表長得好看而已吧？本小姐一直覺得她身上充滿了百分之百會被女孩子討厭的要素耶。」

「那邊的亞人！妳講得太過分了！」

被罵的本人依舊緊緊裹著窗簾，只露出臉來發脾氣。

「————」

也許是這段對話太好笑，讓鈴音噗哧一笑。

或許是真的被戳中笑點——她彎下腰，咳咳地發出咳嗽聲。

即使如此還是不失高雅，真不愧是大小姐。

「也是！真的是這樣！跟小妖精說的一模一樣！呵呵……」

鈴音笑到流眼淚，抬起頭對妖精說：

「不過我跟小花從三歲就認識到現在，早就很明白這些事情，而且也已經習慣了。」

「啊，是嗎？是那樣嗎？」

「就是那麼一回事。說得更精確一點，這個班級裡的大多數同學都是從小就認識了喔。」

「哈哈……」

我也終於完全明白了。

會念大小姐學校的千金小姐們，當然也是從孩童時期開始就讀符合大小姐風格的幼稚園或幼年學校——

很自然地，她們會長年相處……是這樣吧。

跟我們比起來，說不定這些女孩子們還比較熟悉村征學姊的個性。

「關於『千壽村征老師』的事情，大家也很清楚，所以不用太顧慮。」

看來她也很理所當然地注意到妖精的顧慮。

……嗯……我遇見的女性都是腦筋轉得很快的女孩子呢。

瞄向教室的後頭，身穿女僕裝的大小姐們都聚集到村征學姊（躲起來的窗簾）旁邊，很開心地在聊天。

「小花！快出來嘛！」

「快啦！難得男朋友都過來了！」

「我、我說過他不是男朋友了……！」

「說好要用『主人，歡迎光臨♡』的姿勢來誘惑年長的男生嗎——還一起練習過吧！」

「是、是練過沒錯！可是我沒有聽說要穿這麼不知羞恥的服裝啊！」

「哈哈哈……我也嚇了一大跳。」

「沒想到鈴音會準備如此大膽的服裝過來～♪」

「那件情色女僕裝原來是妳帶來的嗎！」

明明是面對初次見面的大小姐，但我忍不住認真吐嘈。

結果鈴音很配合地給予回應。

她輕輕敲了下自己的頭。

「嘿嘿♡」

可惡……真可愛。

那是感覺情色漫畫老師會非常開心，極度惡意賣萌的姿勢。

「兩位能提早過來真是幫了大忙。因為想讓哥哥大人看到這身裝扮——」

再過一陣子她就會換下來了。鈴音聳聳肩。

唔嗯，看來這位鈴音小妹的性格跟外貌並不相同。

要說的話——

——**哥哥♡**

——**哥哥大人。**

沒錯，感覺得到跟惠很相似的氣息。

不，與其說相似，應該說……跟惠似是而非。

由於還沒有足夠的證據斷言，所以先暫且保留。

「那麼。」

鈴音閉起單眼，有如動畫女主角般伶俐地甩動食指。

「征宗哥哥大人、妖精大小姐，再次向兩位說聲歡迎光臨三年一班的『角色扮演咖啡店♡FLOWERS』喔♡」

FLOWERS——難道是以梅園「花」做雙關嗎？

對這個班級而言，村征學姊是可以成為店名的人物……是這樣嗎？

真是驚喜連連。

「本店雖然還在準備，但既然是小花的朋友就會有特別待遇。請讓我們為兩位服務，順便兼做彩排。請往這邊走。」

「喔，好……」

幹嘛？這是要開始做什麼……？

在鈴音的帶領下，我們被帶往裡頭的位子。

鋪上白色桌巾的圓桌，中間擺著時尚的人造花裝飾。

由於教室裡的擺設風格相當古典，醞釀出非常高雅的氣氛。

我跟妖精面對面坐下。

帶我們過來的鈴音嫣然笑著說：

「那麼，請讓我來說明制度。首先是付款方式，這裡只能使用附在邀請函裡頭的『菜之花票卷』，請兩位體諒。」

「啊，好的。」

這麼說來，是有那種東西呢。

那是一組十張的票卷。看來是採取不要讓學生直接收取現金的方針。

「哈哈，好像玩具鈔票一樣。真可愛。」

當我因此展露笑容時，妖精對我吐嘈說：

「征宗，順便告訴你。這一張票卷好像等同一千日圓喔。」

「咦？」

會不會太貴了？

「是的，一張票卷相當於一千日圓。不夠的話，櫃檯與福利社也有販售，請多加利用。」

「是、是喔……」

往菜單瞄一眼，飲料跟輕食全部都是一枚票卷。

……考慮到全都是一千日圓……這到底算是貴還是便宜呢？

話說，這場校慶……難道一千日圓票卷就是最小單位嗎？

大小姐學校的物價讓我感到一絲不安。

「關於本店的制度，每在店裡停留三十分鐘，就要收取兩張菜之花票卷作為每節費用。」

「每節費用？」

還有這種東西嗎！

「是的。每節費用裡包含了無限暢飲的店酒（house bottle）。」

「店酒是什麼？」

「就是這裡另一張菜單（List）的無酒精飲料。至於其他飲料或是輕食就要另外收取一張票卷的費用，還敬請見諒。」

「代表說光是坐下就要兩千日圓嗎……點了各節費用以外的餐點又要一千日圓……不過，如果是去女僕咖啡店點個什麼，在秋葉原大概也差不多是這個價錢……？」

實際上如何呢？因為我幾乎沒有去過，完全不懂行情。

「可是這種收費制度不像是女僕咖啡店的感覺吧？」

對於妖精的疑問，我也深感認同。

「對對對，這個詞彙……好像在哪裡聽過……像是店酒或是每節費用……感覺好像在哪裡聽過……」

具體來說，是在輕小說作家的聚會上。

「唔嗯……是什麼呢……這不是平常生活會用到的用語吧……唔，快要想出來了……！」

「喔，對了。我忘了告知。」

當我們抱著雙臂低吟時，鈴音用極為清純的大小姐聲音說：

「女孩子的點檯費用，需要收取兩張票卷。」

「「這不是酒店嗎！」」

我跟妖精同時吐嘈。

「終於想起來了！難怪覺得好像有聽過，因為來源是獅童國光！」

「你們平常都在聊那種話題嗎！」

「啊……又、又沒關係！——可惡，大小姐學校跟酒店這個詞的距離太遙遠，害我沒辦法馬上想起來……！」

然後好貴！光是每節費用跟點檯費就把拿到的票卷用掉快一半了！

「哥哥大人，真令人遺憾。請稱呼為『角色扮演咖啡店♡』。」

「但妳們的收費制度完全就是酒店，這是誰想的？」

「是我。」

「這也是妳嗎！」

原本以為這傢伙是惠那類型的——沒想到完全不對！

反倒是相反。

惠只是逞強故作成熟，其實只是個清純的fashion bitch而已。相反地，這個女孩只是裝成清純的大小姐，裡頭大概很這樣又那樣？

「……那個……哥哥大人？難道說，您在想我或許是個十分下流的女孩子？」

看到這副害羞的表情，雖然只會覺得她是天真無邪的少女……

「我不是喔。雖然我見識淺薄，對『酒店』那種大人去的店家並不清楚——」

騙誰啊。妳這種講法，絕對是超熟的好嗎？

「本店的制度主要是為了讓班上同學的家人可以玩得愉快才制定的。」

「怎麼說？」

「譬如說，小花的父親大人蒞臨時，可以指定自己的女兒。這樣貓耳女僕小花（花名）就可以用工作的名義，盡情向父親大人撒嬌。像是餵他吃蛋糕，坐在旁邊幫他倒飲料……」

果然是酒店嘛。

雖然這麼說……

「我大概明白這家店的宗旨了，的確是會讓溺愛女兒的父親們感到開心的制度。」

「對吧？平常因為害羞而無法坦率的女兒，可以以校慶活動的名義向家人撒嬌——這裡就是如此充滿夢想的店，您可以理解嗎？」

「妳的內心是個大叔吧。」

我認識一個比惠還要像妳的傢伙喔。

就是情色漫畫老師。

「真是的，哥哥大人真是失禮！」

「是喔……」

跟她講話真累。我坐著低下頭。

鈴音那楚楚可憐的聲音從上頭傳下來。

「那麼哥哥大人，你要點哪位女孩子的檯嗎？」

選項Ａ　那就點妳的檯。

這個選項有一瞬間浮現在我腦海裡。

但這樣應該會被妖精罵，而且感覺她會去跟紗霧打小報告，所以還是算了。

「呃……那就小花吧。」

「好的！小花獲得客人點檯～～～～～～～～～～～！」

鈴音情緒高漲地大喊。

這時，在教室後頭用窗簾裹著自己，正在爭論要不要換衣服的貓耳女僕村征學姊發出

「咦？」的愣然聲音。

她被同班同學們聯手從窗簾裡拉出來，然後從背後一推——

「快去吧～！」「小花，有客人點檯喔！」「去吧♡」

「咦？咦、咦咦……？」

小花（花名）來到我們這邊。

「……………………………」

村征學姊在我們的桌子旁邊，滿臉通紅地呆呆站著。

即使妖精「嗨！」地對她打招呼，她也完全靜止不動。

直到開始有僵硬的動作為止，足足花了三十秒。

「你、你、你們……我說過會去接你們吧。其他人呢……？」

「呼呵呵～抱歉抱歉。因為我們很在意妳平常在學校是什麼樣子呢～征宗說他無論如何都想要來看看，所以就忍不住跑來突襲了。」

「喂，妖精。不要隨便把錯推到我頭上。」

「征宗你也很想看吧？」

「是那樣沒錯啦。」

「那就同罪啦，同罪。」

也是啦，說不定是這樣。

eromanga sensei

這時村征學姊往旁邊瞄了一眼。她的視線前方，是興趣盎然地注視我們交談的鈴音。

「你們……有跟鈴音聊過了嗎？」

「對，她說是妳的好朋友。」

「哼，哪是好朋友。是損友啦，損友。」

學姊用凜然的聲音否定。但妖精迅速將這句不率直的話翻譯完，咀嚼其中的含意……

「喔，真的是好朋友啊。」

這麼回答。

由於剛才這句話實在太好懂，連我都可以理解。

太過公式化的傲嬌描寫，現在已經是無法採用的程度了。

「唔呵呵～我不是說過了嗎？」

鈴音靠過來，摟住村征學姊的肩膀。

「別這樣，煩死了。服裝的事情我已經原諒妳了，到旁邊去……」

然後學姊用力把她推開。

「哎喲，真是——妳好壞喔。」

鈴音刻意裝出悲傷的表情。

「不過，恕我拒絕。」

但這當然只是演戲，她立刻恢復過來。

「難得傳聞中的那兩人蒞臨學校，我也想多跟他們聊聊天嘛。」

鈴音往妖精那邊看去……

「「對吧～♪」」

兩人好像事先講好般異口同聲地說。

明明才第一次見面，卻這麼合得來。

「唔嗚嗚……這種組合……只讓人有不好的預感……」

村征學姊斜眼看著這個情況，憤恨地咬牙切齒。

鈴音輕巧地在我隔壁的椅子坐下，向上瞟著我問：

「所以，哥哥大人，我可不可以也留在這邊呢？」

「咦？嗯，那是無所謂……」

「非常感謝您的點檯！」

「等等！現在這樣就要收費了嗎！」

國高中生的各位讀者們，要好好記住。

所謂的酒店是很可怕的地方喔。

這裡是女僕咖啡店的事情已經從我腦海裡完全消失了。

「小花，來～快點工作吧。」

「………嗚、嗚嗚。」

被鈴音催促的村征學姊害羞地小聲說：

「歡、歡迎光臨……主人、大小姐。」

「啊、嗯……」

村征學姊鞠個躬以後，在我身旁跟鈴音相反的位子坐下。

然後輕輕把身體靠過來。

「村、村征學姊……」

「這、這是工作……我也沒辦法……因為是工作……」

「唔啊啊啊……」

穿著暴露的女僕裝，被這樣服侍的話……

破壞力真可怕，應該沒有男性可以保持平靜吧。

「征宗～你的眼神很下流耶～本小姐會去跟紗霧講喔。」

「真的拜託妳別這樣！」

我拚命阻止斜眼瞪著我的妖精。

這時，村征學姊下定決心似的說：

「征、征宗學弟，我可以說明一下事情經過嗎？」

「喔……雖然我大概已經理解了……」

村征學姊受騙後被迫穿上色色的服裝，就是跟平常一樣的套路吧？

「就、就算這樣，還是得說！那、那個……為了……跟你們一起逛校慶，我接下來有空出整整一天的時間。」

「真虧妳能空出來呢，第二天不是最熱鬧的嗎？」

妖精說得沒錯，這麼說來的確如此。

村征學姊要跟我們一起逛校慶的話，今天得排開班級店鋪的排班。

可是最熱鬧的「第二天自由時間」，應該是學生們競爭率最高的時段。

「對，大家有顧慮到我……把我的排班時間排在『第一天』與『第二天早上』而已。」

村征學姊害躁地微笑。

其他女僕們在她後頭笑著揮手。

「沒關係啦～」

「小花去年不是代替我，排了一連串的班嗎？」

「我一年級的時候，也是多虧小花才能跟男朋友在校慶約會……——這次輪到我來幫小花的戀情加油打氣。」

「玩得開心點喔！」

——似乎是有這樣的緣由。

「嗯……看來……妳跟班上真的處得很好呢。」

妖精直接將我抱持的感想說出口。

「這算是……處得很好嗎？我自己也不太清楚……請她們代替我排班的代價，被迫穿上如此寡廉鮮恥的服裝……」

這種不太拘謹的關係一定就是稱為「朋友」吧。

「小妖精對小花在班上很受歡迎的事感到那麼意外嗎？」

鈴音用意有所指的語氣說著。

「很意外啊，跟想像的完全相反。」

「……哥哥大人也是嗎？」

「是啊——話說，妳為什麼叫我『哥哥大人』？」

「因為你是『世界妹』的作者，我想應該會喜歡被這麼稱呼。」

「那是誤會！」

不要用作品固定作者的形象好嗎！

雖然我能體會這種心情！但並不代表用**妹妹**這個詞來當書名的輕小說作家，都是最喜歡妹妹的死妹控啊！

我嗎？我是最喜歡妹妹的死妹控。不過對紗霧以外的妹妹沒有特別喜歡。因為我不是喜歡妹妹，而是喜歡紗霧。正因為是以最喜歡的紗霧作為範本，作者才會把《世界妹》的女主角設定為妹妹，無比起勁地寫出那些超萌的描寫。

希望大家不要搞錯這點。

「這樣啊……那麼，您會討厭我用『哥哥大人』來稱呼嗎？」

「……其實超開心的。」

啪！妖精不發一語地往我頭上打下去。

我說了一聲「好痛！」後按住腦袋。

「不是啦……我好像搞懂《魔法科高中的劣等生》會受歡迎的一部分理由了。被清純的黑髮大小姐叫『哥哥大人』，感覺非常棒。」

「呵呵……那麼，我稱呼和泉征宗老師為『哥哥大人』吧。」

「……啊，麻煩妳了。」

這時，坐在我對面的妖精從桌子底下把平板電腦拿出來。

「噯噯，紗霧。妳的男朋友剛才講出這種話來耶。」

「勞煩妳報告了，小妖精——噯，哥哥？從今以後，我是不是也叫你『哥哥大人』比較好呢？」

「啊啊啊啊啊啊啊啊啊！妖精妳這傢伙！竟然幹出這種事！妳是什麼時候把情色漫畫老師的

封印解除的！」

「當你在聽她講解酒店制度的時候。」

她好像是跟女僕小姐取得許可，把視訊通話打開了。

「……唔喔喔……」

這樣我被鈴音叫「哥哥大人」的場面不就徹底被她目擊到了嗎！怎、怎怎怎、怎麼辦……怎麼樣才能矇混過去……

妖精把平板電腦轉向我這邊，上頭出現紗霧戴著面具的臉龐。

浮現在面具（梅露露）上的冰冷笑容，醞釀出如同驚悚片的演出效果。

……這絕對是在生氣吧……

我超拚命地想藉口，同時把身體朝畫面探去。

「紗、紗霧，不是那樣的！妳聽我說！」

「京香！京香！快來這邊！哥哥他！哥哥他！……他在角色扮演酒店玩得色瞇瞇的！」

「竟然給我採取想像中最糟糕的行動！」

妳說什麼！我馬上過去！

當平板電腦傳來魔鬼的大喊時——

我好不容易把視訊通話掛掉。

「唔……哈啊……哈啊……」

我擺出朝平板電腦伸出手指的姿勢，流下冷汗，不斷喘著粗氣。

看到這樣的我，妖精冷冷地說了一句：

「征宗，你不是也想讓紗霧體驗一下校慶嗎？」

「…………………………」

說真的……這種店比鬼屋還要可怕。

等村征學姊換回普通制服後，我們回到行政大樓大廳。因為跟大家會合的時間也快到了。

一抵達……

「啊，和泉。你來得正好！」

席德看見我們就快步走過來。

他今天也一樣，穿著非常適合量產型大學生這種比喻的服裝。

「席德，怎麼了嗎？好像很慌張的樣子。」

「因為……」

他往櫃檯那邊瞄了一眼。

那邊有名很眼熟的金髮黑衣青年，正被強壯的警衛們包圍起來，好像在解釋著什麼，能聽到「邀請函是真的」或「那是徒弟」之類的交談內容。

「草薙學長好像被人通報說是可疑分子……」

「那個人在搞什麼啊！」

超級引人注目啊。

而且從旁人眼中來看，的確只像是有勇無謀地想要侵入女校校慶的可疑分子。

「剛才遇到神野小姐他們，就一起來到學校門口。因為小綾一直跟草薙學長聊天……好像就有**善意的第三者**跑去通報。」

「喔……」

小學女生跟很有搖滾樂團氣息的成年男性，這種組合真糟糕。

這無法避免被人通報。雖然以結果來說是場誤會，但這位善意的第三者的判斷並沒有錯。

「那個——惠她們呢？」

找她解釋不就好了嗎？

「她說這間學校裡有朋友在，然後就不知道跑去哪裡了。然後現在，好像快要把警察叫來了……」

惠那傢伙，人脈也太廣了吧。竟然連這麼遠的地方也有朋友……

「那就不能光在這邊聊天，得快去救他出來才行。身為在校生的我去說明一下吧。」

「本小姐也一起去，只有村征的話，太不會講話了。」

值得信賴的女性們快步跑向櫃檯。

等待幾分鐘後。

她們順利解開誤會回來。

……妖精真的很適合一臉得意地豎起大拇指耶。

草薙學長則狼狽地跟在女性們後頭走來。

「遇到這種事真是糟透了，女校好恐怖……」

「草薙老師，這麼晚才去幫忙真的很抱歉。然後也感謝你的前來。」

「————」

看到低頭致歉的村征學姊，現場所有人都倒抽一口氣。

因為這個景象太讓人意外了。

對村征學姊來說，應該是把草薙學長認定為毫無興趣的他人才對。

她會對這樣的對象盡到禮節，讓人覺得很不符合學姊的風格。

——不，不對。

這種情況下不是「不符合她的風格」——應該說「發現到她新的一面」才對。

當然，如果學姊是創作中的角色，如果沒有適合的理由就絕對不會做出不符合她的行動。只要作者不亂寫，都不會發生「角色形象偏差」的狀況。

可是，在我們眼前盡到禮節的學姊是活生生的人類。

那麼……形象也當然會有點偏差吧。

應該會有不少我們不知道的新面貌。

所以……

——**對小花在班上很受歡迎的事感到那麼意外嗎？**

就是那麼一回事吧。

不過是短短一年的相處。

我們把梅園花貼上「古怪的文學少女」的標籤，然後停止思考。鈴音說不定還會嘲笑我們，說著「這些傢伙們完全不懂呢～」。

我、妖精還有紗霧都一樣。

關於這件事，必須好好反省才行。

然後。

這裡也有另一個人展現出「新的一面」。

「不不，千壽老師，請妳別道歉。」

是草薙學長。他用跟面對我們時完全不同的語氣，跟村征學姊面對面交談。

「難得受到妳邀請還引發騷動，非常對不起。也感謝妳前來為我解圍。」

「唔……跟從征宗學弟他們口中聽說的不一樣。」

「我可以想像得到妳聽到了什麼。不過，我很尊敬妳，所以不能像對和泉或獅童一樣跟妳說話。」

「………………」

啊，村征學姊感到困擾了。

那當然，被年長的前輩作家說「我很尊敬妳」，會不知道該怎麼反應才好。這種心情我懂。畢竟我也曾經被比自己偉大許多的前輩作家說「我很尊敬你」跟「我愛著你」這些話。

「草薙老師……那個……呃……可以問你為什麼嗎？」

「因為妳跟我不同——是『貨真價實』的作家。」

村征學姊的眉毛驚訝地抽動。

「你的意思是自己是冒牌貨？」

「跟妳相比的話，是這樣沒錯。像我這種勉強苟活在業界裡的人，對於宣稱自己跟妳是從事相同職業的事，總是感到很愧疚。把我跟妳一起擺在輕小說作家的範疇裡討論，讓我良心不安。這是我實在沒辦法對讀者說出口的真心話。」

「…………」

「看來讓妳感到困擾了呢——這個話題就到此為止吧。不過，我也不是在自虐，即使身為冒牌貨，該做的事情我還是打算好好完成。」

草薙學長露出挖苦自己的笑容。

面對巨大的才能感到煩惱，但他還是找到屬於自己的結論與妥協點。

結果就是自稱為冒牌貨，抱持著某種覺悟面對工作。

讓年輕的後輩打從心底尊敬並感到景仰。

這是吊兒郎當又做事隨便的戀愛喜劇作家不為人知的一面。

村征學姊雖然沉默不語好一會兒，但最後點點頭。

「我明白了。」

「要是平凡地活著，可無法體驗到菜之花女子學園的校慶。我打算到處逛逛。」

「草薙學長，難道你打算自己單獨行動嗎？」

席德擔心地問。

「我是這麼打算啊，這麼多人一起逛也很奇怪吧？」

「你又會被通報喔。」

「…………唔…………」

草薙學長一臉苦澀地咬緊牙關，剛才那種正經的印象徹底消失了。

「既然這樣──師父，我跟你一起逛吧！」

不知道是何時跑到旁邊來的。向草薙學長出聲的是個看起來很正經的眼鏡少女──夏目綾小妹妹。

今天的服裝給人一種很早熟的印象。

她的後頭則是可以看見不知道在打電話給誰的惠。

草薙學長轉身面向國中小學的女孩們，用略帶厭煩的表情說：

「綾，別叫我師父。說到底，妳就是害我被通報的元凶吧，一起走的話才會讓剛才的事情不斷發生。」

「啊，關於這件事——」

這時，惠迅速把手舉起來。

「我剛剛已經跟這間學校的朋友講過了。說『跟小綾走在一起的人不是可疑人物，不會有問題喔～』這樣♪所以請龍輝哥哥跟小綾一起去逛吧，那樣的話就不會被通報。」

「這代表……只要我在這間學校裡，『不跟小綾在一起就會被逮捕』嗎？」

「唉～～看起來是那樣呢。」

小綾刻意地嘆了口氣。

「要跟師父在校慶上約會，雖然讓我非常非常提不起勁……嗯～真沒辦法～我就陪你一起逛吧。」

「…………開玩笑的吧？」

「草薙學長，真是太好了呢。竟然可以跟小學生在校慶上約會，我好羨慕喔。」

……席德，你這是為了捉弄草薙學長才講的玩笑話吧？

不會真的在羨慕吧？

確定得要跟小學生一起逛校慶的草薙學長，雙手不斷發抖。

「唔啊……怎麼會這樣。我原本打算順利分開行動，然後前往高中部的計畫……」

「？你想要看高中部的校慶嗎？那點小事的話，我也可以陪你去逛啊。」

「……唔……不是那樣的。」

跟小綾在一起的話，就沒辦法搭訕高中女生。

如果這是惠的策略，那算是順～利達成「一舉兩得」的方法。

第一個是封鎖草薙學長跑去搭訕。

第二個嘛——講出來就太不解風情了。

「所以，師父，請多多指教喔！嘿嘿……請你要好好擔任淑女的護花使者喔。」

「……唉，我就知道，反正和泉的邀請最後都會變成這樣。」

真失禮，請不要講得好像是我的錯。

不過，跟小綾有關的麻煩問題，追根究柢的確是因為那次我辦了跟國中小學女生聯誼的活動啦。

——就這樣。

除了真希奈小姐等「不知道能不能參加的人」以外，我們成功跟同伴們會合。所有人都向村征學姊招待大家來校慶這件事道謝，而村征學姊也跟著回禮。

立志要成為輕小說作家的小綾似乎是千壽村征老師的大粉絲。她因為緊張，動作變得超級僵硬，給大家留下很深的印象，但也因此幾乎沒有跟學姊講到話。

——等到冷靜下來後，希望可以讓她們好好聊聊。

我、妖精、紗霧、惠、小綾、草薙學長跟席德。

之後那些「不知道能不能參加的人」說不定會來，但總之這邊就是全體人員了。

草薙學長跟小綾會分開行動，要一起行動的就是五個人。

「村征小姐，關於這次逛校慶的事情。」

席德說。

「聽說妳的目的是要進行『新作取材』，那有什麼事情是我們可以幫忙的嗎？」

「普通地玩就好。跟大家一起逛校慶——這件事本身就是種無可取代的取材。」

「……真的只要這樣就可以了嗎？」

席德說出跟我相同的疑問。

嗯，的確會這樣想呢，覺得這樣的行動是不是真的能得到「世界上最有趣的小說」的素材。

「就是這樣才好。雖然由我自己來講也很丟臉……但我不是普通的女學生。至今我都對這樣的活動毫無興趣，盡可能讓自己做些幕後的工作。畢竟我不是那塊料，所以把主要的舞台都讓給那些有明確參加目的的朋友。」

我一年級的時候，也是多虧小花才能跟男朋友在校慶約會……

班上的同學好像是這樣說的。

「可是今年……我想要參加這種普通的學校活動——然後樂在其中。我想藉由這樣的行動，寫出過去的自己寫不出來的故事。這種心境變化才是我想運用在作品上的事——然後……」

「然後？」

「啊，沒有。抱歉，這點還是別說了。」

村征學姊臉頰泛紅，想要改變話題。

「那個……就是說……」

她不太擅長說話。

整句話講得結結巴巴後，續道：

「如果說，有什麼想特別要求你們的事情……」

「那就是今天請跟我一起——玩得開心。」

「————」

以席德為首，一行人一瞬間睜大雙眼，然後……

「「包在我身上！」」

異口同聲地說。

惠小聲地問妖精。

「嗳～嗳～小妖精，剛才小村征在『然後』的接下來是想說什麼？」

「聽說其實她是想跟征宗兩人單獨逛校慶，不過正宮大吵大鬧後就變成這樣啦。」

「呼噗噗噗，原來如此原來如此喵～既然如此，那我該怎麼做才好呢～～身為小紗霧的親朋好友～～～可是啊，人家也想站在戀愛少女的這一方～～」

正當有一邊在進行邪惡的陰謀時，也有人極度天真無邪。

「討厭～大家在幹嘛啊！快點走啊！」

這是紗霧。由於封印再度解除，這讓她的情緒不斷高漲。

她雀躍地活動身體，看起來很興奮的樣子。

拿著平板電腦的村征學姊跟紗霧面對面微笑。

「說得也是，我們快點去逛吧，紗霧。」

雖然跟村征學姊的情況不同，但紗霧也是跟這類活動幾乎無緣的女孩子。

跟朋友一起逛校慶——

光是這樣子，就如此期待……感到興奮……

她們兩人今天一定是懷抱著相同的想法望著未來。

「嗯——那大家出發吧！」

在紗霧的起頭下，我們的校慶開始了。

情 ero manga sensei 色漫畫老師
第四章

第四章

菜之花學園的校慶巡禮開始了。

同行的成員有我、紗霧、村征學姊、妖精、惠、席德這五名。

草薙學長&小綾這對搭檔好像是去高中部那邊。

而我們一行人則是先前往占卜館。

昏暗的教室裡有多個隔間，每個隔間都有身穿暗色長袍的女學生們坐著。她們只露出眼睛，打扮成豔麗的占卜師。

這種使用水晶球的占卜看起來相當正統。

「是投緣度占卜耶！紗霧、村征、惠、國光！來占卜跟征宗的投緣度吧！」

「大、大家都要占卜嗎？」

村征學姊說。而妖精踩著像在跳舞的步伐繞到大家面前，挺起胸膛。

「這是當然的吧？你們幾個來一決勝負——看看誰跟征宗最投緣！」

「好——耶，我要好好努力，目標是成為哥哥身邊的第一名♪」

「唔……絕對不能輸。」

「哼……真有趣，我就接下這挑戰吧。」

紗霧&村征學姊充滿鬥志。

……不知為何連惠都很起勁。

唯一感到困惑的人是席德。

「請問……為什麼連我也要占卜跟和泉的投緣度？」

「呵呵，我們才不會排擠國光呢！因為你也是征宗後宮裡的正式成員之一嘛！」

「我才不是！」

席德全力拒絕。

我的同性戀疑雲應該已經洗清了，但感覺他依舊跟我保持著距離。

話說，我堅決希望她別用征宗後宮這種聽起來很不名譽的團體名稱。

惠拍拍席德的背。

「好啦好啦～國光老師也請你冷靜下來☆機會難得，大家來占卜一下投緣程度吧。這也是為了讓這裡的成員變得更要好♪」

「……說得也是。」

就這麼決定。

我們所有人一起進入櫃檯那位學生指定的隔間。

有些狹窄。

勉強讓所有人都進去後，坐在我們面前的占卜師嚴肅地開口說：

「各位說的我都聽見了……要占卜的事是你們之間的投緣程度沒錯吧？」

奇怪？這種帶有神祕感的聲音……好像在哪裡聽過？

「各位『作為朋友的投緣程度診斷』……還有與那位嬌小男性之間的戀愛緣分診斷，就讓我們詢問水晶球吧。」

「嬌小男性？」

這位占卜師若無其事就罵了很誇張的話耶！

「那麼，各位請把名字寫在這張紙上。至於那邊那位……畫面上的人，請人代筆也沒關係。」

占卜師對我的吐嘈完全沒有反應，繼續自己的工作。

她喃喃自語地詠唱咒文。

「好的，結果出來了。」

我們吞了一口口水，緊張地等待結果。

雖然從各方面來看都是個很可疑的占卜，但還是很在意。

「首先，戀愛緣分最高的情侶是——」

「獅童國光老師與和泉征宗老師！」

「呀啊——————！」

席德露出驚悚漫畫般的表情發出尖叫。另一方面，我也察覺到了。

「妳、妳是！妳是鈴音對吧！」

「哎呀，真虧你能發現呢。」

鈴音吐出舌頭，掀開掩蓋臉部的布，露出真面目。

「我是聽聲音發現的！」

「哎呀，真失敗。不過占卜的結果是真的喔。」

「真的拜託妳別講這種會讓人毛骨悚然的恐怖玩笑好嗎？」

「這不是開……」

「是開玩笑的吧！好！這個話題結束！——所以？妳怎麼在這裡？女僕咖啡店的工作呢？」

雖然才剛認識，可是我跟這傢伙說話的語氣已經變得很隨便。

「我正在完成從班上全體同學那邊接下的使命。比起在三年一班『角色扮演咖啡店♡』裡扮演可愛的兔耳女僕，目前正在進行更重要的工作喔。」

「完全聽不懂什麼意思。」

「我想也是呢，如果聽得懂就傷腦筋了。」

鈴音呵呵笑著。受不了……真是個難以捉摸的傢伙。

這時有個意外的人物從我背後向鈴音說：

「小鈴音！午安啊！」

是惠，鈴音也笑著向她打招呼。

「小惠，貴安。總是受到妳照顧了。」

「嘿嘿～我才是。」

被鈴音的大小姐語氣牽引，惠的語氣也變得怪怪的。

村征學姊代表我們詢問：

「惠跟鈴音……妳們認識嗎？」

「是的。」

「我們是朋友～喔。」

看來是這麼一回事。

這世界真小！雖然一瞬間這麼想，但這想法立刻改變。

——不對，她可是惠……這種事也是有可能的吧。

「不過小花跟小惠是朋友反倒讓我很驚訝——小花在外頭也可以好好地交朋友呢。」

「真、真是失禮！」

村征學姊生氣到眼睛都瞇成><的形狀。

妖精則一臉笑嘻嘻地調侃她。

「鈴音～妳也犯了跟我們一樣的錯誤喔。即使在學校外頭，村征也是很受歡迎的喔！」

「是、是這樣啊……即使在外頭……」

的確，村征學姊在我們之間也是很受歡迎的人物，尤其是情色漫畫老師。

可是妖精為了跟鈴音對抗，有點加油添醋了。

「唔唔……真是意外。沒想到那個小花可以在初次見面時不讓對方留下壞印象，跟人好好來往。」

「不，初次見面的印象糟透了。」

「我以前覺得她是人生裡最強大的敵人。」

我跟紗霧異口同聲說。

妖精也跟著說：「本小姐也一樣喔！」

「……也不用講得那麼難聽吧……我、我也有在反省啊。」

村征學姊雖然消沉，但我想那樣不可能給人好印象。

而且剛認識時，她連妖精的名字都記不住。

「不過，發生許多事情——等到越來越了解村征學姊之後，大家也變得很喜歡她。不管是好的部分，還是不好的部分……都讓我們成為朋友。」

「……征、征宗學弟……這樣講好丟臉。」

村征學姊害羞得用手遮住嘴巴。

看到這景象，鈴音「唔嗯？」地露出意味深長的笑容。

「現階段來說……及格。」

「這是在說什麼？」

「是在說大家託付給我的使命喔。」

鈴音豎起食指。

「第一項使命，就是評斷『小花喜歡的人』是位怎麼樣的男性。按照情況不同，我們也打算妨礙你們來往。」

「「什……」」

我跟學姊同時大吃一驚。妖精跟惠則完全沒有嚇到，這代表她們早就預料到了吧。

「另外一個是祕密。呵呵——對了，小惠。」

「嗯？」

「可以問妳一下嗎？征宗哥哥大人是個什麼樣的人？」

「他是個超級爛好人的死妹控，還有個非常相親相愛的未婚妻。」

「呵呵，不愧是惠。只靠一行就完美說明完畢了呢。」

喂！

鈴音也說「原來如此，我明白了。」並點著頭。

之後……

「雖然有點晚了，接下來發表後續的占卜結果——看來各位在朋友這方面，有著可以成為最棒夥伴的投緣度。然後戀愛方面……征宗哥哥大人？」

「呃、嗯。」

「當你跟『年紀較小的學姊』結為連理時……會成為一對感情和睦的夫妻，將來你也會成長為可以代表本世紀的大作家喔。」

真是可疑到不行的水晶占卜。

但是只有最後這段像真正的占卜師一樣逼真。

我們繼續在國中部的校舍愉快地邊逛邊看各種攤位。

先在園藝社購買給紗霧的禮物，再到飾品商店購買送給紗霧的禮物，又去攝影館拍攝送給紗霧當禮物的紀念照片。

「你真的很貫徹始終呢！」

村征學姊一半傻眼一半發笑地對我吐嘈。

「沒有啦，因為……如果不是只透過畫面，而是可以給她看到一些實物的話，紗霧也會更有來到校慶的感覺吧……」

還有這種感覺只有大小姐才拍得出來，像是海外西洋建築的照片，說不定也能當作繪畫的資料。

「……哥哥，那邊的物價很高，你要適可而止喔。」

而我卻受到紗霧本人告誡。

離開國中部校舍，我們前往家政社的攤位順便休息。

那是剛才看到的時髦咖啡廳。在這裡的另一個房間裡也能參加親手製作點心的體驗課程，於是獅童國光VS山田妖精的料理大戰就此展開。

「國光，用料理一決勝負吧！題目就定為『適合搭配紅茶的點心』如何！」

「我接受妳的挑戰！雖然還贏不過專業的廚師，但這個題目我可不會輸！」

話說回來，他們以前也曾經製作點心互相對抗過吧。

山田妖精與獅童國光，兩人都有製作點心的興趣——

跟當時有眾多興趣的妖精相比，專心致志於一種興趣的席德在「製作點心的技術」這方面較為高超。

妖精對這點感到很不甘心，一直在尋找再次挑戰的機會。

評審是家政社的大小姐們。

結果，是拿出蘋果司康的妖精獲得勝利。

「呼哈哈哈！嚐嚐這道點心吧，獅童國光！本小姐山田妖精！即使在敵人的專門領域裡！也絕對不會輸給相同的對手第二次！」

「唔……！酸甜的蘋果風味，將紅茶的香味徹底襯托出來……這、這味道簡直有如……**有如被幼女的小手撫摸一樣！**」

他對味道的形容糟透了，真的有夠糟糕。

成年男性站成內八不斷喘息的景象，實在不是可以描寫出來的畫面。

「征、征宗學弟……我也……試著烤了手工餅乾。」

原本在我旁邊擔任評審的村征學姊戰戰兢兢地遞出盤子。

「你願意吃吃看嗎……？雖然不是像他們那麼講究的點心……」

「當然，讓我吃吃看吧。」

村征學姊在日式料理的技術雖然相當不錯，但是西式料理跟點心不是她的專長。

雖然這是十分普通的原味餅乾……

「嗯，好吃。」

「是、是嗎……那就好。」

但充滿灌注真心的甜味。

「呼——哈哈哈！本小姐正是菜之花學園小姐！」

妖精得意忘形地回到我們身邊，並高高舉起優勝獎盃。

她把寫有「菜之花學園小姐」的背帶掛在肩膀上。

現在我們位於校庭裡那個舞台的角落。

「本小姐才是王者！你們盡情讚頌吧！」

事情的經過正如各位所見，應該不需要說明吧。

妖精說到做到，突然跑去參加菜之花學園的選美比賽，漂亮地將優勝獎盃贏了回來。

這場選美比賽很有大小姐學校的風格，評審不只是看外表，還要看禮儀跟各種傳統才藝的多方面表現——

……但是這傢伙竟然真的拿到優勝了。

古箏、小提琴、茶道、舞蹈，這些擁有其他各式各樣特技或優點的美麗大小姐們。

令人眼花繚亂的美少女們齊聚於此，讓選美比賽熱鬧萬分。

在這裡頭，最後登場的就是我們的山田妖精大老師。

她在參賽者裡是最吵鬧、最多才多藝，也是最貪求勝利的人——有時候甚至還會在對手的專長領域超越對方。

然後當然，她也是最可愛的參賽者。

如果要描寫選美比賽的情況，用文庫本來說大概需要將近一百頁的分量。

雖然沒辦法讓大家看到詳細的過程感到很抱歉，但結果是妖精以壓倒性的差距獲得優勝。

即使是在正統的大小姐學校裡，妖精似乎也是名出類拔萃的大小姐。

不過，畢竟她受過比誰都還嚴格的新娘訓練。

這也是理所當然的結果吧。

所以就跟我說的一樣。

「小妖精，恭喜妳！」

第16回
ミス 菜の花学園
グランプリ
菜之花學園小姐

「妳有些太出風頭嘍……不過，很有妳的風格。」

惠跟村征學姊笑著迎接妖精，而紗霧的平板從剛才開始就拿在學姊手上。席德則輕輕推了一下我的背。

「和泉要不要也去說些什麼呢？」

「就算你這麼說……」

我可講不出什麼得體的話來。

我一邊搔頭一邊走到妖精面前。

「啊，那個……恭喜啦。」

「嗯！」

她回以燦爛無比的笑容，讓我感到有些害羞。

妖精則「嘻嘻！」發出很開心的笑聲。

「因為你說『妖精的話，應該可以輕鬆優勝吧』，本小姐就稍微拿出一點實力了……這樣有符合你的期待嗎？」

「啊、嗯……」

當我害羞得揚起笑時，從平板電腦裡傳來「咳咳！」很刻意的咳嗽聲。

「咿咿！」

我瞬間挺直背脊，這已經是反射動作了。

這時，惠探頭窺探村征學姊的臉龐。

「村征老師如果也去參加就好了，這場選美比賽。」

「怎、怎麼可能去參加啊，我不是那塊料！」

「咦～可是如果在選美比賽上贏過小妖精，哥哥對妳的評分絕對會上升喔。」

「什！就、就算不用這種方式來推銷自己……！……是這樣嗎？征宗學弟？」

「咦？嗯……」

別問這種很難回答的問題啦！

話說回來，如果我開口建議的話，學姊就會去參加選美比賽嗎？有夠可惜！

「惠跟村征，等一下～難道妳們認為可以贏過本小姐這個菜之花學園小姐——妖精大人嗎？就算妳們出場參賽，也一定是本小姐會獲勝喔。」

「嘿嘿嘿～這可不一定喔～因為我也超～級可～愛～♪」

「如果征宗學弟願意看著，那我是無敵，不可能輸給亞人種。」

「啥～？那就在這裡分出勝負吧？征宗！交給你來評審！」

「我才不幹！誰要當那種會留下遺恨的評審！」

就這樣，選美比賽結束——

「啊，我跟高中部的朋友約好了，所以暫時離隊嘍～」

「我也收到了工作的信件，要去講一下電話，各位請先繼續逛，我之後去跟大家會合。」

惠跟席德在這時離開，目前的成員有我、紗霧、妖精、村征學姊這四個人。

「好，接下來去文藝社吧！身為職業作家，對那邊也有點興趣呢～～」

妖精單手拿著優勝獎盃，率先走在前頭。

我們前往社團教室大樓。

這棟建築位在國中部與高中部的用地之間，差不多剛好中間的位置。

雖然不比校舍大，但也是棟頗具規模的建築。走進裡頭，就能清楚知道這裡比校舍更……強調宛如神殿的風格。

陳列著雕刻與繪畫等藝術作品的景象看起來有點像美術館。

「小村征，我有看過這裡！」

「嗯？喔……這棟建築物好像有被借去當成電視劇的拍攝場地，會不會是在那裡看到的？」

「嗯，是現在流行的大小姐校園劇！原來那部電視劇的舞台就是這裡啊！」

「有在播那種電視劇嗎……糟糕，我最近太忙，都沒有去追輕小說跟動漫以外的流行。」

離開自己本職的領域明明埋藏了許多超棒的點子。

雖然最近很忙碌，但真的不夠努力也沒有多獲取新知。得好好反省……

「我記得這間學校很致力於推動文化社團。」

「正如你所見。不過老實說，就算問我也有點困擾。」

我實在沒有什麼興趣，學姊害羞地說。

自己就讀的學校致力於哪方面都跟自己無關，也沒有興趣。

嗯，這是我熟悉的千壽村征。

妖精捉弄她似的說：

「唉，這位嚮導真沒用。真拿妳沒辦法，就讓本小姐代替妳展現這棟社團教室大樓裡的『有趣事物』給大家看吧。」

「妳來介紹？是想給我們看什麼？」

「就是那個。」

妖精指著一幅擺在大廳顯眼位置的巨大繪畫。

那是以從高處俯瞰學園全景的構圖畫出來的作品，標題是「學園鳥瞰」。

——啊，我突然想到，這幅畫……該不會……

當我不禁屏息的同時，村征學姊的反應卻很遲鈍。

「那張圖怎麼了嗎？」

「咦？妳看不出來嗎？就連天才輕小說作家千壽村征，對圖畫方面也不甚理解嗎？」

「是啊，我不懂畫作，頂多只看得出來這是一幅非常有魄力的圖畫而已，麻煩妳解說。」

「哎呀，真老實。妳再不甘心一點也沒關係啊……還是老樣子，是個讓人沒勁的傢伙。」

山田妖精與千壽村征之間的勝負幾乎都不會成立。

這點在關於繪畫方面的審美觀勝負上似乎也是相同。

「關於那張圖嘛——呵呵。紗霧，請妳告訴她吧。」

「那是小愛爾咪畫的圖吧？」

果然沒錯。雖然筆觸完全不同……但總有那種感覺。

是一幅「能看見光芒」的圖。

愛爾咪——也就是亞美莉亞．愛爾梅麗亞——

被稱為「萬能繪師」，而這是她的作品。

「這間學校似乎是亞美莉亞在繪畫方面的『大客戶』喔。難得來了，本小姐就想代替那女孩炫耀一下。如何？很厲害吧？」

「真不愧是我的姊姊。」

妖精與紗霧都對愛爾咪的活躍感到自豪。

如果告訴她本人，應該會因為這情景喜極而泣。

經過陳列著愛爾咪老師作品的角落後，我們繼續前進。

走了一陣子後，我們抵達目的地。

「這裡就是文藝社的社團教室。」

明明正在舉行校慶，教室前面卻沒有任何裝飾，完全保持原樣。

是只有在內部展示嗎？

「打擾了——！」

妖精突然把門打開，彷彿在說進去就知道了。

文藝社對我來說，印象最強烈的還是輕小說「《文學少女》系列作品」作為舞台的那間社團教室。然後身穿水手服又綁著麻花辮的「吃書妖怪」，屈膝坐在折疊椅子上的情景。

被大量的書籍與紙箱包圍，對喜歡書的人是充滿風情又無可抗拒的空間。

而說到菜之花學園的文藝社是什麼樣的情況，跟印象非常接近。

不過畢竟藏書沒有那麼多，都很整齊地收納在很高的書櫃上。

折疊椅、長桌跟白板。

身穿黑色水手服，聚集在此的少女們。

雖然其中也有些眼熟的人在裡頭，但關於她們等等再說。

自己一個人靜靜閱讀文庫本的人、感情和睦地並肩觀看社誌的人。

面對桌子，在紙上振筆疾書的人——等等。

這讓人感到一種肌膚酥麻的浪漫感。

「呼喔喔喔——！這正是文藝社！這正是文學美少女！是大小姐學校的社團活動！」

順便說一下，這樣放聲大喊的人可不是我。

雖然我也很不想說明……但情色漫畫老師正在畫面另一頭，興高采烈地喊著「耶～！」然後跳來跳去的。

妖精傻眼地說：

「紗霧妳啊……也太破壞氣氛了。」

「……糟糕……太過興奮，忍不住就……」

「對不起喔，吵到各位了。」

代替紗霧道歉後，文學少女們也困惑地向我們點頭致意。

這裡頭有一名學生站起來跟我們說話：

「哎呀，各位過來玩了嗎？歡迎來到文藝社，哥哥大人。」

「啊！」

這不是鈴音嗎？

「女僕咖啡店也好，占卜館也好……妳到處都會出現耶。」

「哥哥大人，你這種說法真讓人遺憾。每一次不都是你們來到我所在的地方嗎？」

先不論女僕咖啡店，但占卜館很明顯是妳在埋伏等著我們吧。

「所以，妳出現在這裡的理由是？」

「我是第二文藝社的社長喔。」

「咦？真的嗎？」

是真的喔～鈴音聳聳肩說。

「比起這些……社員們都嚇到了。」

「妳看，都是情色漫畫老師突然大聲發出可疑叫聲的關係，該怎麼辦才好……」

當我對平板電腦說話時，紗霧講完「人家不認識叫那種名字的人。」的慣例台詞後……

「好……那我畫張圖賠罪吧。」

十八禁漫畫老師又講了什麼。

身為未婚夫的我可以斷言，這傢伙絕對不會講出什麼正經的話來。

「既然是文藝社，那一定會想看看職業插畫家的神技。來吧，小村征。把我放在低角度，可以仰望那名黑絲襪姊姊的位置！」

「封印！」

啪！村征學姊迅速把平板電腦闔上，將邪惡之徒封印起來。

「抱歉打擾各位了，剛才那個笨蛋的事情請不要在意。」

「『村征老師！』」

社員們一起站起來。

「您到此光臨了嗎！」「真是非常抱歉，沒有馬上注意到——」

「因為突然有人喊了很誇張的話，讓我嚇一跳……」

「神！啊啊……神降臨於此了……！」

「請、請過來這邊，請坐！」

非比尋常的歡迎方式讓村征學姊不知所措。

「啊，不是。那個……各位學姊……真的不用在意……」

簡直就像有偶像來到社團教室的反應。

其中好像有一名言行舉止非常過頭的大姊姊，真希望是我耳朵聽錯了。

妖精臉色略微發青地問：

「……那個，村征。妳都讓高中部的姊姊稱自己為『**神**』嗎？」

「不是！妳不要嚇到……！」

村征學姊非常驚慌地伸出雙手否定。

妖精往那位豔麗的黑絲襪姊姊看去。

「她本人說不是耶。」

「不，千壽村征老師是文藝社的神。」

眼神是認真的。而且她雙手合十，開始祈禱了。

就連妖精也露出「嗚哇……」的表情退避三舍。

「……在天主教系的學校用『**神**』稱呼很糟糕吧……」

真的，真想打從心底當自己沒聽過這些話。

面對虔誠祈禱的信徒，村征學姊也用「九条學姊！」來呼喚對方。

「我不是一直跟妳說別對著我祈禱嗎！」

「可、可是，在神的面前怎麼能如此不敬……」

「就說我不是神了！真的別這樣！我有朋友過來啊……！」

除了情色系的狀況外，這說不定是我第一次看到村征學姊如此慌張。

被崇拜為神的存在徹底厭惡後，獻上祈禱的女學生終於抬起頭來。

「既然您都這麼說……那請容我稱呼您為梅園學妹。」

「呼…………」

雖然搞得氣喘吁吁，但村征學姊鬆了口氣。

接下來把那位祈禱的女學生介紹給我們。

「那個……各位，這位是高中部的學姊，九条學姊。」

「我是高中部二年級，第一文藝社的社長九条智代。」

這麼說來，就是跟我同年紀。

她的身材很好，雖然跟鈴音是不同類型，但只要沒有剛才的古怪行為，果然也是位正統派的大小姐。不，應該說更有大姊姊的感覺。

「喔、嗯……妳好，我是村征學姊的後輩，名叫和泉征宗。」

「本小姐是山田妖精，請多指教。」

稍微保持一點距離後，我們回以自我介紹。

「————」

智代同學一瞬間睜大雙眼。

恐怕是因為有聽過我們的——尤其是妖精的名字吧。

不過，我們沒有像村征學姊一樣受到她祈禱崇拜。

「各位老師們能大駕光臨，讓我們感到非常光榮。」

她沉著地應對。

我瞄了村征學姊一眼。

「那個，難道村征學姊有參加文藝社嗎？」

「不，我沒有參加。雖然九条學姊跟鈴音邀請過我好幾次，但我都拒絕了。沒有打算參加社團活動的人，不可以隸屬於社團吧。」

「這麼說也是啦。」

「雖然不是社員，但偶爾也會做些像教導寫作的事情。相對地，當我在學校裡執筆時，就請她們讓我使用社團教室。」

「村、村征學姊——」

「竟然會教導寫小說！」

我跟妖精同時感到驚訝。

「很、很意外嗎？」

「不是啦，因為……妳不是那種類型的人對吧？」

「哈哈，的確沒錯。」

村征學姊發出苦笑。

「我自己也這麼覺得，而且應該沒做過什麼正常的指導。都只是閱讀大家的作品，然後陳述些毒辣的感想而已。還曾經害社員哭出來——但她們說就算這樣也沒關係，所以我也無可奈何。雖然無法對關於小說的事情說謊，但親近的好友跟學姊的請求我還是會聽。」

「………………」

真的——

我覺得有來參加校慶真是太好了。

對於村征學姊的印象不斷地在改變。

這不代表至今為止的認知是錯的，而是能看見全新的一面。

在學校裡的村征學姊，不只是——禁慾克己又排斥他人的小說之鬼。就算違背主義，也會聽朋友的請求……

她也是這麼溫柔的「梅園花」。

不過，就算對本人這麼說，她也只會害羞地否定而已。

「是嗎……」

我抱著溫暖的心情點點頭。

「這麼說起來。」

接下來是妖精向智代詢問：

「第一跟第二文藝社有什麼差別？」

「高中部的文藝社是第一，國中部的文藝社則編為第二文藝社。我們的社團教室雖然是在樓上，但舉辦校慶時會在這裡進行國高中聯合的展示……雖然這麼說，也只是把社誌對外公開。」

原來如此，長桌上有文藝社的社誌疊在那邊。

這個似乎就是第一、第二文藝社的「展示品」。

「方便的話，請自由取用……畢竟是外行人的作品，我們也覺得很不好意思……這每年都會剩下來，請務必帶回去。」

「那我就收下了。」

我們拿起社誌開始翻閱。

看來裡頭刊載了社員們執筆的小說。

「哎呀，高中部明明是直行書寫的小說，國中部的卻是橫排書寫嗎？」

「嗯，因為國中部的社員們平常都是在網路上活動。」

「喔——網路是指網路小說嗎？」

妖精不是詢問智代，而是問在後頭的鈴音。

「是的，主要是在『成為小說家吧』跟『KAKUYOMU』上活動。」

「喂！文藝社！真的假的？」

「真的。我們會投稿小說，然後在推特或公告欄交流。刊載在社誌上的作品雖然全部都是新撰寫的，可是大家都已經習慣橫排書寫……所以就變成這樣的形式。」

「喔……是這樣啊。橫排書寫的書籍很稀奇……感覺像是手機小說變成書籍一樣。」

我用了很古老的比喻。

不過是這樣啊……文藝社最新型的活動方式跟網路有密切的結合。

在這樣的地方聽到熟悉的網站名稱，讓我嚇了一跳。

……不過講到網路小說。

關於剛才決定「等等再說的事情」，差不多是該提起的時候了。

文藝社的社團教室裡，現在雖然有穿著黑色水手服的大小姐們聚集在一起……

不過有幾名很眼熟的人物混在裡頭。

其中兩名是早上在行政大樓大廳分開行動的人。

「草薙學長、小綾。」

往裡頭出聲後，背對著這邊集中於交談的小綾嚇了一跳。

「啊，和泉老師……」

「喔，是和泉啊。」

接著草薙學長也注意到我。

「你們兩個怎麼會在這邊？不是去高中部逛嗎？」

「咦？啊，是的。因為──師父突然說『我改變心意了，去妳想去的地方。』這樣……」

奇怪，草薙學長好體貼。

「這是吹來什麼風？」

「那還用說，和泉……我『原本的目的』都無法達成了，察覺到就算去了也沒意義。所以就打算這樣一邊閒晃一邊顧小孩……大概就是這樣。」

所以才來到小綾很有興趣的文藝社來。

他們兩人在這裡的理由我明白了。

但不明白的是他們兩人……應該說，主要是小綾在交談的對象。

「唔嗯，一陣子不見了呢，和泉小弟。」

「梅園先生……」

沒錯，是村征學姊的父親——梅園麟太郎先生。他跟包含小綾在內的國中部大小姐們圍成一圈在聊天。

這位大叔到底在幹嘛啊？

這樣讓人有點羨慕耶。

因為是村征學姊的父親，他來校慶這件事本身是可以理解。

「為何會來文藝社？」

麟太郎先生用嚴肅認真的表情說：

「現在我們正在享受校慶的時光，同時順便舉辦『成為小說家吧』的網聚。」

「網聚？跟ＪＣ（國中女生）大小姐們一起嗎？」

再說「同時順便舉辦」是什麼意思？

「嗯，你也知道吧。我的興趣是投稿網路小說。」

「嗯，是啊。」

明明是大作家卻完全拿不到任何評分，所以我記得他超認真地在檢討作品走向跟對策。

「之後怎麼樣了？」

「雖然一開始我是直接用本名當用戶名稱，卻在感想欄被自稱是『梅園麟太郎死忠粉絲』的人纏上，一直說『惡質的冒牌貨快消失』或『只會模仿老師的文章表面而已』之類的話。」

「喔～」

那當然，那些人也沒有想到真正的「梅園麟太郎」會到那邊投稿吧。

被自己的粉絲當成冒牌貨痛罵一頓……這個大作家真的在幹嘛啊？

「因此，我就把投稿用的用戶名稱改成『小麟』了。」

你這長相最好是叫小麟啦！

麟太郎先生接著更用低沉有磁性的嗓音，繼續講些明顯不符合他形象的內容。

「我也用小麟的名義開始經營推特跟臉書，也跟投稿作家們積極展開交流，而且是刻意用女孩子的語氣講話。」

「你這樣超惡質的！」

這實在讓我忍不住開口吐嘈。

那種長相跟年紀卻在當網路人妖，真的很糟糕。光是想像就很痛苦，明明都有女兒了……

「為了跟上年輕人的話題，也為了讓流行的橋段能在作品裡登場，我也把目前受歡迎的動畫全部看過一遍。」

這種用心程度會不會就是他能以頂尖職業作家身分，君臨整個業界的祕訣呢？真讓人不想仿效。

「結果大家不知道為什麼，很親切地傳授我投稿小說的訣竅，對策也更是進展神速。」

用女孩子的語氣陪大家講阿宅話題，網路暱稱也像是女孩子的新人投稿者。應該會非常受歡迎。

「全力並貫徹『成為小說家吧』的對策後，最近我的投稿作品三不五時就會出現在每日排行榜上頭。」

「該說很厲害……還是不愧是麟太郎先生……或者該說都做到這種地步了也是當然。」

這實在很難形容，感覺不太想稱讚他。

「可是，排名立刻就掉下去，相當難以維持住。那些不斷叫囂說只要好好掌握走向跟對策就能輕鬆出版成書的傢伙什麼都不懂。而名列前茅的投稿作家們很了不起。他們跟我這個耍些小聰明，模仿他人的人有決定性的差異，雖然很不甘心，但也只能承認這一點。」

「………………」

雖然有很多事情想說……但總而言之……

我知道這個人是認真要以「成為小說家吧」的頂點為目標。

他一定也是陷進去後就會沉迷其中的類型。

這個部分說不定……跟女兒很相似。

麟太郎先生繼續說出「這時候就是網聚」這句話。

「為了進一步問出訣竅，我決定跟在網路上交情變得不錯的作家們舉辦網聚。如果是名列前茅的人們，一定可以讓我吸收到不足的部分。不過，仔細一問之下，大家原來都是跟小花念同一間學校的大小姐們！和泉小弟，你要記住──『成為小說家吧』那些排名很前面的投稿作家，全都是國中女生喔！」

「真的假的！超猛！」

今後觀看她們的推特時，眼光說不定會改變。

「邀請『小麟』先生來參加校慶後，他卻說自己女兒也是念同一間學校！讓我嚇了一大跳！」

麟太郎先生的身旁有一位國中部的大小姐（上位排名者）用平易近人的語氣說。

只是嚇一跳就沒事了才讓我嚇一跳呢。

在網路上交流的對象（很像女孩子）可是同一間學校學生的父親，這些大小姐們會不會太好相處了啊？

「於是就說這樣就能跟『小麟』先生在校慶上見面……然後邀請他來社團教室。想說如果是我們社團的展示不會太忙碌，而且也可以聊天。」

「真的很巧呢。那位『小麟』其實是男性——而且竟然還是千壽村征老師的父親！」

其他大小姐們和小綾都不斷點頭同意。

……奇怪？

從這情況看來，這些女孩們……都不認識……大作家「梅園麟太郎」……是嗎？

只把他認為是——村征學姊的父親？

騙人的吧……？他可是梅園麟太郎耶，明明著作還被改編為大河劇……

這個文藝社沒問題嗎？

當我感到愕然時，不知何時跑到我身旁的鈴音在耳邊低聲說：

「大家好像幾乎都不知道呢。」

「……看來是這樣。」

明明是時代小說的大師。

麟太郎先生在這個文藝社裡只是網路新人作家「小麟」，同時也只是梅園花的父親。

「就是這樣，我正在向這邊的小姐們請教小說的撰寫方式喔。」

只不過，本人對這個狀況似乎反而樂在其中。

大叔，女兒正用傻眼的眼神看著你耶，沒問題嗎？

「叔叔！關於剛才那個話題的後續！」

充滿幹勁地向麟太郎先生開口的人是小綾。

按照聽到的狀況，小綾似乎不是從網路上聚集過來的成員，但還是讓她中途進來參加這場網聚。從剛才開始，她似乎就在對網路作家「小麟」主張某些論點。

「為了討好讀者而一味地把受歡迎要素塞進作品的這種方式，我覺得不好！你認為用這種小把戲可以寫出優秀的小說嗎！」

「哈哈哈，真是嚴苛。說不定的確是這樣。」

「真是的！不要光顧著笑，請你更認真地撰寫小說！不要老是研究走向與對策，撰寫『「現在」在「這裡」會受歡迎的事物』，而是要以『無論何時，任何人讀了都覺得是最有趣的作品』為目標，我認為這才是所謂理想的小說家！」

「抱歉啊，小妹妹。我寫不出那樣的作品，畢竟沒有才能嘛。」

「志向太——低了！『小麟』叔叔，你這想法完全不行！雖然只是在剛才稍微閱讀一下你的作品——但坦白說，我認為以新人來說，你是個很有發展性的作家。」

「喔喔！是這樣啊！」

「是的，雖然現在當然還不成氣候，但只要照這樣努力下去，提昇文筆的話——」

「提昇文筆的話？」

「總有一天說不定可以出道成為職業作家喔！我也會給你建議，請多多加油！」

「能聽到妳這麼說，我也稍微有點自信了。」

真是可怕的對話。

連我這沒什麼關聯的外人都看得提心吊膽。

虧鈴音可以笑嘻嘻地觀看這段對話。

對心臟太不好了……

好。

讓我們重新確認一下草薙學長在這裡遇到的狀況吧。

自己的徒弟，正在指導梅園麟太郎「小說的撰寫方式」。

身為師父的他滿臉蒼白地看著這如同地獄的景象。

「……真、真不該過來……今天是最糟糕的一天……」

另一方面——

「哎呀，今天真是個愉快的日子……有來參加真是太好了。」

梅園麟太郎——也就是小麟老師一臉欣喜地享受著這場校慶。

啪！他的後腦勺被用力地拍了一下。

動手的人是村征學姊，她看起來一副疲憊不堪的模樣。

「……爸——父親，你在幹什麼啊？真受不了……」

「嗨、嗨，小花，我來啦，感謝妳的邀請。」

「什麼感謝邀請！你、你這樣很丟臉！快點回去啦，真是的！」

學姊滿臉通紅地發火。

該怎麼形容……這就是「父親來參觀上課而感到害羞的少女」的構圖。

「不要那麼生氣嘛。不只是指導小說的寫法，我還從大家那邊聽到很多小花的事情喔。」

「什……」

「妳想談場真正的戀愛，想在這場校慶創造『青春的回憶』——不是這樣嗎？」

「什、什、什……」

啊哇哇哇哇……村征學姊開始動搖。

那個動機是學姊之前自己說出口，而我跟紗霧聽到她這麼說後想像出來的。

那跟剛才講的這些幾乎一致。不過「真正的戀愛」這種詩情畫意（Poemy）的詞句倒是第一次聽說。

「可是，實際上如何呢，和泉小弟？」

「咦？」

竟然在這種時候把話題丟給我。

「你——怎麼想？」

感覺我遭到了測試。

雖然有一瞬間感到畏縮，就算這樣，我該說的話也不會改變。

我按照自己的想法說出口。

「村征學姊，雖然這是我在學姊的班級，還有這個文藝社的觀察到的感覺……」

「是、是什麼感覺，征宗學弟？」

「我覺得學姊正在充分體驗著青春時光喔。」

村征學姊暫時陷入沉默……不久後……

「是、是這樣子嗎……？」

她害羞地歪著頭。

校慶第二天結束。

校門口染上黃昏的色彩。

「各位，今天謝謝你們。」

村征學姊溫和地向受邀而來的成員們道謝。

「我才要謝謝妳——村征小姐。」席德說。

「呵呵，今天很愉快喔！」妖精說。

「感覺好像跟大家變得更要好了！」惠說。

「……雖然發生很多難過的事情，但也有了難能可貴的體驗。」草薙學長說。

「千壽村征老師！我……可、可以跟您交談，感到非常光榮！」小綾說。

成員們都給予回應，大家都露出相同的笑容。

「今天這一天對小村征的印象……應該改變滿多的。不但變得比以前更要好……還成了比以前……更讓我不能認輸的強敵。」

在面具的另一頭，紗霧一定也露出了笑容。

當然我也一樣。

「學姊，這是場很棒的校慶，有來參加真是太好了。」

「是嗎？那我的邀請值得了。」

村征學姊緩緩環視大家後說：

「多虧你們，我的願望才得以實現。從校外邀請朋友來，一起逛校慶……感到非常快樂。而我自己也玩得很開心，可以把你們介紹給學校的朋友……就算只是暫時的，但我也覺得自己成了普通的女學生——雖然征宗學弟說我正充分體驗著青春時光，即使如此……像這種形式的活動對我來說還是很新鮮。」

「……嗯……我也是。」

紗霧溫和地瞇起眼睛，並表示同意。

對家裡蹲的少女而言，或者是對遠離塵世的文學少女來說。

這應該都是很新鮮的體驗，甚至會讓她們緩緩地沉浸在餘韻之中。

「那個……嗯……就是……說，如果……可以的話……」

村征學姊忸忸怩怩，沒自信地說著。

然後說出更讓人對她改變印象的一句話。

她快速抬起頭來。

「再一起出來玩吧。」

你想問大家怎麼回答是嗎？

這正是沒必要寫出來的多餘部分吧。

校慶第三天。

我一個人站在菜之花學園的校門口。

——校慶的第三天，可以請你到學校跟我會合嗎？

——然後，希望你在那時候閱讀我的小說。只要這樣就好。

——不會問你感想，也不會要你喜歡上我。

——只希望你可以在我面前，閱讀我撰寫的故事就好。

這是為了完成跟村征學姊的約定。

學姊對我說「傍晚後夜祭開始時，請到校門口來」。

距離約好的時間還很早。

「…………」

我跟昨天一樣，把邀請函拿給櫃檯看後進入校園裡。

這是個讓人感到涼意的天氣。我仰望天空，不知不覺間已經變成這樣的季節了。

天空沒有半朵雲。

想必那個人的內心一定也是像這樣無比清澈。

所以才不會迷惘，能筆直地向前邁進。

「真是的，好像讓她覺醒了呢。」

我呼一口氣後，再度開始邁步。目的地是社團教室大樓，文藝社的社團教室。

敲敲門後，裡頭傳出「請進」的女性聲音。

我默默將門打開。

裡頭有名身穿制服的黑髮少女坐在折疊椅上等我。

沒錯……我昨天也跟不是村征學姊的「某位人物」約好要見面。

「感謝你過來，哥哥大人。」

宇佐美鈴音。

她雙腿併攏，以美麗端正的姿勢坐著。

——**哥哥大人，請你在跟小花說好的時間前一個小時……來文藝社一趟。**

第四章

這是昨天離開文藝社時，她偷偷在我耳邊低聲說的話。

這句話彷彿是虛假的誘惑，充滿甘甜的感觸。

「請到這邊。」

鈴音勾了勾手指，把我叫過去。雖然是個很沒禮貌的動作，卻完全不損及她高雅的氣質。不如說……甚至有種如果遵照指示，就成了她僕人的錯覺……

不、不行不行，我可沒有那種興趣。

我輕輕搖頭，走到鈴音面前。她瞇起雙眼露出笑容。

我拉出椅子，在鈴音身旁坐下。

從縱長型窗戶照進來的陽光，讓平淡無奇的社團教室成了神聖場所。

「為什麼……要把我叫來這裡呢？」

「在小花把小說撰寫完畢……把心意傳達給你之前……有件事情我無論如何都想告訴你。」

「是、是嗎？」

「另外……這不是愛的告白。」

「這我知道啦。」

「哎呀，我還以為你或許會有點期待呢。你想想，在輕小說裡這不是必備的橋段嗎——像我這樣的女孩子。」

「？？？什麼意思？」

完全聽不懂。

鈴音露出小惡魔般的笑容，把手放在自己胸口。

「就是在全新舞台邂逅的『現地妻（當集女主角）』啊。」

「我才沒那麼有出息！」

「可是你的聲音聽起來明明就像攻略了許多『現地妻』。」

「別說了，妳差不多快要跨越真的會被罵的界線——妳是為了講這些才把我叫來的嗎？」

「怎麼會呢——是有東西想要給你看。」

「想讓我看個東西？」

「呵呵……就是那個。」

鈴音用食指指向社團教室的一角。

那邊是……

「……啊。」

身穿制服的村征學姊正在撰寫小說。

使用的是鉛筆與筆記本。

她挺直背脊，眼神彷彿神靈附體般黯淡無光。

由於極為專注，似乎也沒有發現到我進來社團教室。

「………………」

她那專注於執筆而面無表情的臉龐，寫著寫著，緩緩變為微笑。臉頰微微染上朱紅，運筆時的動作也變得輕巧又柔和。

這行為像是要把溫和恬靜的戀情，一點一滴地灑落在紙頁上。

這跟過去看到的執筆情景完全不同。

這是我從未看過的千壽村征。

「這裡是特等席。」

鈴音說。

「只有今天，特別開放給哥哥大人看。」

「…………」

我暫時無法回話。

只是看著學姊執筆的模樣，看到出神。

露出微笑的表情，漸漸哀傷地扭曲，最後變為淫靡的喘息。

她把戀情灑落在紙頁的同時，表情也不斷產生變化。

每一種表情都緊揪住我的心。

即使如此，眼神還是無法移開。

「這個你應該沒見過吧？」

「是啊。」

我用沙啞的聲音回答，然後詢問：

「為什麼要這麼做？這是妳的……『另一個使命』嗎？」

「這不是要為她的戀情加油打氣。班上的同學們還有我，都沒有想過要幫忙讓小花的初戀開花結果。那是該由小花自己親手達成的事情，沒有她的允許就出手幫忙，我認為是很不知分寸的行為。只不過──」

這時候，鈴音的聲音帶有些微的怒氣。

聽起來像是如此。

「我不想讓你在不知道這些面貌的情況下，說出『比起小花，我更喜歡其他女孩子。』這種話來。就算是不知分寸，也只有這一點不能讓步。所以，我決定要讓你了解這些事情。」

這就是我的使命，鈴音笑著說。

其實像你這樣的人根本無所謂──她露出彷彿這麼說的眼神。

……再怎麼說，這也想得太負面了……大概是情景的問題。

在這過於清淨的地點，少女們看起來就像是天使或惡魔的高位存在。

「所以才把我叫來這邊嗎？在學妹把小說寫完之前。」

「是的。」

「為了讓我們知道更多關於村征學姊的事情，妳才會找我嗎？」

「是的。也多虧如此……昨天跟今天，應該有稍微看到你所不知道的小花魅力吧？」

「算是……吧。」

我昨天在校慶上，看到梅園花不為人知的一面。

然後現在，在這個社團教室裡見識到千壽村征不為人知的一面。

「我只是想要讓你徹底了解小花而已。不管是壞是好、可愛的部分、笨拙的部分、認真的部分、愚笨的部分……我都希望『小花喜歡的人』可以知道。」

鈴音站起來，露出妖豔的笑容。

「沒錯……這說不定也是在幫助她，讓戀情開花結果呢。」

「因為這麼一來，我們的小花不可能會輸。」

鈴音這麼說完後，靜靜地離開社團教室。

留下我一個人。

回歸寂靜的社團教室裡，只剩下鉛筆的聲音。

……才剛認識的時候，跑來我家裡卻不知為何突然開始寫小說的學姊。

……夏季集訓時，把我寫好的小說送給她時，沉迷於閱讀的學姊。

……來家裡玩時，回過神來已經開始寫小說的學姊。

穿和服的學姊、穿制服的學姊、穿浴衣的學姊、穿便服的學姊、穿比基尼的學姊。

憤怒、羞澀、喜悅、哀傷。

相識後的這一年裡，雖然見過她各式各樣的面貌——

但這裡確實是特等席。

這張側臉美麗得前所未見。

直到她把小說寫完為止，我一直看得入迷。

「…………好，完成了！」

她把筆放下，是剛好經過一個鐘頭的時候。

學姊用雙手從桌上把筆記本舉起來，緊盯著最後一頁看。

或許是沉浸於剛寫完作品的餘韻，她好一陣子一動也不動。

接著用雙手把筆記本緊緊抱住。

「……征宗學弟……」

彷彿剛寫好的作品就像是我本人一樣。

這模樣太過可愛，連看著的我都感到害羞。

嗚嗚……臉頰好燙。

這讓我猶豫要不要向她搭話，只能繼續注視著她，直到學姊注意到我為止。

雖然是個讓人捨不得移開視線的情景，但那一刻毫無前兆地到來。

「？啊……征宗學弟？」

「嗨，學姊。」

我舉起一隻手打招呼後，村征學姊當場站起來，變得十分慌張。

「咦？咦咦？……是真的？」

「嗯，不然是什麼呢？」

「……我還以為在作夢。」

她害羞地低聲細語。單手抱著身體，用快要聽不見的聲音說：

「那、那個……剛才一直在想著你……所以我……以為自己可能是寫小說寫到睡著……然後身處於夢境之中……」

「喔、喔……那樣啊……」

這感覺就像背部被人用羽毛搔癢。

雖然講出這些話的本人很害羞，但是我也超級害羞的啊！學姊！

她走近我，輕輕撫摸臉頰。

「是真人沒錯吧？」

我顫了一下。

「嗯……是真正的和泉征宗。」

「是嗎……啊，對、對不起！擅自摸你……那個，為、為為——為什麼？」

為十麼會在這裡——她是想問這件事吧。

我已經習慣跟不擅長講話的人交談了。

所以也很清楚，如果這時把「我一直看著妳」這種實話說出來，對方會害羞個半死，然後演變成很麻煩的狀況。

「因為提早到了，就想說妳可能會在這邊，我才剛到而已。」

「這、這樣啊……」

她鬆了口氣。果然這種回答才是正確答案。

「小說寫得如何呢？」

「嗯，現在剛好才寫完。不過還想重新檢查看看，可以請你稍微等一下嗎？」

「當然，要等多久都沒問題。」

如果可以閱讀到那篇超棒的小說後續，要我在這裡等幾天都沒問題。

「謝謝，不過我們還是在校庭……家政社的咖啡廳會合吧。」

「不能在這邊等嗎？」

「……被看著的話，不是讓人很害羞嗎？」

「妳平常明明不會在意周圍的目光啊。」

「平、平常跟今天不一樣！因為這個是……你跟我的小說喔……」

「說——說得也是，抱歉！」

真危險……本來想捉弄她，卻遭受到完美的反擊。

「那麼！我先去那邊等妳……！」

當我逃跑時，心臟不斷劇烈跳動著。

離開文藝社後，我往會合的地方走去。

就是昨天大家一起去的那家露天咖啡。

我點了咖啡，在這裡等學姊。

太陽已經開始西下，天空漸漸染成橘紅色。

祭典到此結束。

學生們在校庭內把舞台收拾完畢，準備升起營火。

講到校慶，就會想到營火。

雖然有這種印象，但是從哪邊產生的呢？

至少應該不是在現實中。

因為這麼正式的營火，只有在創作中才會看到。

是只存在於故事裡，閃耀光芒的「祭典結尾」。

任誰都會感到憧憬，可是卻沒有體驗過的理想青春。

所以——

我現在一定是在看著異世界的景象吧。

「抱歉讓你久等了，村征學弟。」

當我喝完第二杯咖啡時，聽見她的聲音。

「學姊，再慢慢修改也沒關係啊。」

「不，已經足夠了。我已充分玩味，並完成它了。」

「這樣啊。」

「……按照約定，可以請你閱讀嗎？」

她用雙手遞出一疊筆記本。

這是千壽村征親手撰寫的原稿。

也是梅園花灌注心意，漫長又濃密的情書。

「嗯。」

我點點頭，接下小說。

就這樣開始閱讀。

千壽村征使出渾身解數撰寫的「世界上最有趣的小說」。

描寫梅園花的初戀，專心致志的戀愛故事。

……………………………………

……………………………………

閱讀的期間，我完全沒有開口說話。

簡直成了書籍的奴隸，不斷翻頁。

將禁忌的戀情描寫得無比美麗的問題作品。

使戀愛觀變節的洗腦小說。

越是閱讀下去，就越是偏離以前閱讀後的印象。

前半段明明能強烈感受到洗練的技巧，但是越到後半段，文章就越加紊亂。可是蘊含的熱情卻逐漸提昇。

這是描寫少女的初戀，有如用火紅烈焰鍛造而成的青春小說。

我忘記時間，忘我地讀著。

迸發而出的劇情高潮過去，抵達寂靜的愛戀告白。

到這裡我才終於發現，燒灼身體的炙熱感並非虛幻。

視野的一角，能看見現實中的火光。

那是營火的火焰。

——後夜祭開始了。

喧囂之中，混雜了年輕男女的聲音。

大家都在盡情享受青春的一刻吧。

就跟我們一樣。

「征宗學弟。」

「…………」

我無法回答。就算有聽到聲音，眼睛也無法從文章上離開。

不過，有著跟女主角相同聲音的學姊，對宛如稻草人的我說：

「你就這樣聽我說。」

「…………」

「從以前到現在……我都只想著你撰寫戀愛故事。也總是認為，只對一件事情徹底專心鑽研才是正確的途徑。我並不覺得這是錯誤的想法，可是……」

昨天好愉快——

她像在懺悔似的說著。

「真的好愉快。跟大家一起在校慶玩……聊了許多話題……為了無聊的事情而歡笑，有時候生氣或吵架……可是，跟大家道別後我才突然想到，這不是跟平常一樣嗎？那樣的日常說不定一直都在身邊，只是我沒有察覺到而已。青春並不是只有『我』跟『你』的封閉世界，而是存在於包含周圍在內的吵鬧世界。」

我的視線很自然地離開文章。

她的話語與小說混合，滲透至我的內心。

「你說得沒錯。這沒什麼大不了，我已經在過著青春的每一天——尤其是認識你們後。還記得嗎？我們初次見面的那一天。」

「嗯。」

村征學姊像在祈禱般雙手合十，朦朧地望向遠方。

「那真是美好的邂逅呢。」

「騙人，那可是最糟糕的相遇。」

「對、對我來說是美好的邂逅！」

——**我會在這裡摧毀你的夢想！**

——**請稱呼我村征學姊。**

真懷念。

明明是短短一年多前，卻好像已經是很久以前發生的事情。

雖然對學姊用「最糟糕的相遇」來形容。

但回頭想起來，那是個美好的回憶。

想必這一生都不會忘記。

「那個……第一次遇見你時。還記得嗎？就是妖精在出版社前跑來跟我說話的時候——」

「喔，我還記得。學姊還把小說弄掉……」

「然後你把那些撿起來。」

「對對對，是那樣吧。」

「老實說，我從第一次見到你的時候開始……就覺得，你有點不錯。」

「咦！是、是這樣嗎？」

明、明明沒有半點那種表情……

「這代表……是一見鍾情……嗎？」

「那、那個！我、我也不太清楚！可是，就是感覺……很不錯。」

「啊，是——這樣啊。」

這、這是什麼情況？

說不定會被學姊告白——這點我有先做好心理準備。

可、可可可、可是竟然會！被迫進行這種酸酸甜甜的對話，這從來沒有想到過！完全是預料之外！害我陷入混亂了！

「……當時我對這種……男女之間的情愛……還不太清楚……所以一開始沒有注意到……現在回想起來……就覺得是這樣沒錯。那說不定是……一見鍾情。在我認知到你就是自己最尊敬的『和泉征宗老師』之前，就已經……懷抱著……淡淡的戀愛情感。」

嗚哇啊啊啊啊……

「……還、還有一件事，得要告訴你才行。」

接下來再發生什麼事我都不會驚訝了。

「是關於我的初戀。」

「！」

「現在想想……確實是……那樣呢。」

村征學姊遙望遠方，開始述說年幼時期的戀愛。

「我跟和泉征宗的小說相遇，是在年紀還小時……看到你的個人小說網站。那不是現在父親熱衷於投稿的那種形式，而是部落格？也不對……那只是個人營運的……是叫網頁嗎……就是那個。」

「喔，那個……是我……小學時製作的網站。」

由於是充滿小學生興趣的設計，我不太想回想起來。

當時不只是跟紗霧交流的那個投稿網站，出道前的和泉征宗也有在自己的網頁上刊載小說。

第一個成為粉絲的「那個人」——紗霧說「你寫小說的速度太快，感覺很可怕。」然後又提出「不用什麼作品都投稿到那個網站上頭吧？」的提案，成了架設網頁的契機。

以我個人來說雖然沒什麼感覺，只覺得「是這樣嗎？」。於是架設網頁，當成「暫時放置每天生產的大量小說的地方」來使用。

只有想閱讀我撰寫的所有小說的奇特人種才會來……該怎麼說，是個很粗糙的網站。

「一天的點閱數頂多就兩個人或三個人……其中兩個人是我跟紗霧……」

「最後一個就是我呢。」

「結果居然都是認識的人。」

我洩漏乾笑。

這代表第一位粉絲是紗霧……第二位粉絲是村征學姊吧？

那種偶然……不，不對。

「是到現在才認識的吧，征宗學弟？」

「……說得也是。」

我們在廣闊的網路上相遇，然後到現實中重逢，這絕對不是偶然。

我跟紗霧能重逢，是因為約定與離別，然後以相同的夢想為目標……

跟學姊能重逢，是因為選擇了相同的職業，拚命努力得來的結果。

「當時的我才剛開始學會上網……抱持著『說不定這裡會有自己可以感到有趣事物』的淡淡期待。不管是漫畫、電影、遊戲、運動、小說……無法像大家一樣享受這些娛樂的我，在上頭尋找著可以讓內心滿懷期待的寶物。雖然已經是半放棄的狀態了。」

對於村征學姊來說，書店裡沒有賣自己能樂在其中的小說。

所以才會自己動手寫，這是她過去講過的話。

這一定不是在那之前的事情。

也就是說，這是梅園花成為千壽村征之前的事情。

「當時的村征學姊，還沒有開始寫小說嗎？」

「是已經寫過了，父親也有隨性地教導我一些技巧。可是，我不覺得這很有趣。父親還笑著『那我就放心了。』這種話。」

因為那個人似乎反對女兒成為小說家。

同時也很擔心無法從人生裡找到「樂趣」的女兒吧。

所以才會產生雖然教導女兒寫小說，卻反對她成為小說家，前後不太一致的行動。

「可是，我找到了——找到你的小說。」

村征學姊說。她回想起來，並發出笑聲。

「好有趣，真的很有趣。」

這是個單純又平凡無奇的感想。

這句話比任何事物都讓我高興。比起出現在有名的排行榜上，比起從著名作家那邊收到推薦文，讀者的簡短感想才是比寶石更珍貴的報酬。

「謝謝。」

我回以平凡無奇的感謝。

我的臉龐一定變得很紅。接著像要掩飾害羞般，繼續說出「是為什麼呢？」。「那時候的我還是小學生，又是個外行人……應該寫得很爛才對。可是為什麼，卻可以打動學姊的內心呢？為什麼會讓妳覺得有趣……然後喜歡上呢？」

「如果當時問我這個問題，應該只會說『喜歡就是喜歡，我不知道理由』吧。」

學姊一邊說一邊嘻嘻笑著。

……嗯，所謂的喜歡或許就是這樣。不管是對作品還是對人都一樣。

我也一樣，如果問我喜歡紗霧什麼地方……雖然要我用言語來說明多久都沒問題，可是如果要我全部說明清楚，那是不可能的事情。

最後果然會回到這句話──喜歡就是喜歡。

「對吧？但我們的工作是撰寫文章，還是得努力試著把想法化為言語──硬要解釋的話，就是我們很投緣吧。梅園花與和泉正宗，有非常相似的感性──是會對相同的事物感到有趣，會對相同的事情感到憤怒，為相同的事物歡笑，會相同的事情哀傷的人類吧。」

我們十分相似──學姊說著。

「儘管如此，我們還是不同的人。呵呵，不覺得太棒了嗎？『不是自己的某人』比任何人都還要能掌握自己的喜好，然後創作出娛樂作品。這樣當然會感到有趣。」

「的確。我在閱讀千壽村征老師的作品時，也覺得不像是別人的作品。」

初次對決的時候，我可能也說過相同的話。

現在再講一次。

「就像我只為自己寫出一部小說，然後再消除記憶閱讀它一樣。」

「我也是。尤其是你初期撰寫的故事，也許是因為自我投影特別強烈——我也產生像是自己化身為勇者，前去各地冒險的感覺。」

「可以別提起以前的作品嗎？很痛苦耶。」

第一次撰寫的小說當然會變成那樣吧！

寫什麼勇者征宗，真是不好意思啊！

「不只是那樣。你的小說有非常珍重家人的想法……尤其是蘊含了對過世母親的強烈思念。想必是這一點……打動了我的內心。」

「…………………………」

我無法回答任何一句話。

想到我還沒有見過村征學姊的母親這一點，就無法開口說話。

只不過，也深深體會到。

我們感性相似的理由。

父親與兒子。

父親與女兒。

……是嗎，我們……

「我感受到你就是我。另外一個我在做這麼有趣的事情——既然如此，那我也來好好努力一下吧。」

嘻嘻。

梅園花露出我從未見過的笑容。

「然後，我重新決定認真撰寫小說。」

真是驚人。

雖說有接受過梅園麟太郎的指導，又有被神樂坂小姐發現原稿的偶然……但她比我早出道，作品也無比暢銷……

她在職業作家的舞台等著和泉征宗。

以撰寫相同主題，高階版本的宿敵身分等著。

「這就是，千壽村征的起源。」

之後的我就跟大家知道的一樣，發生很多事情後開始撰寫戀愛喜劇小說……然後像現在這樣，跟她面對面。

真的是難以置信的事。

「這就是我的初戀。」

學姊在這時低下頭，臉頰染上紅暈。

「當時還是小學生的我，喜歡上了……從未見過的另一個我……喜歡上了和泉征宗老師。然後歲月流逝，我成了國中生……跟你相遇，再次喜歡上你。」

啊！她回過神，慌忙辯解說：

「請、請不要把我想成很容易喜歡上別人的女人…………那個……只有你而已……能讓我變成這樣的人。」

「…………」

我的臉想必已經變成像蘋果一樣的顏色了。

明明是寒冷的日子，她跟火焰卻不斷幫我加溫。

「我的人生戀愛了兩次……而這兩次，都是你。」

「…………」

我們近距離注視著對方。

黑色制服。

黑色秀髮與白皙的肌膚。

「請讓我再告訴你一次。」

營火的烈焰、逐漸西沉的夕陽。

世界全部被染成橘紅色。

她用水汪汪的眼眸筆直地看著我。

「征宗學弟，我最喜歡你了。」

這是無論哪種男性，都會淪為俘虜的魔性誘惑。

不知道第幾次的告白與傑作的餘韻混合，發揮出最大的效果。

我接受她的心意，把率直的心情說出口。

「學姊，我也最喜歡妳了。」

「可是，我有更喜歡的人。」

我拒絕了這個告白。

「…………………………」

「我已經發誓要讓那個人獲得幸福。所以，無法回應妳。」

「……………………這樣啊。」

我們的對話，跟小說的最後一幕十分相似。

不同的是，告白的結果與她的表情。

「我就知道你會這麼說，果然還是沒辦法跟小說寫的一樣呢。」

在橘紅色的世界背對著火焰，村征學姊露出哀傷的笑容。

比起天才撰寫的最後一幕，眼前的這位少女更加美麗。

「……我終於，完全掌握住了。」

這時，村征學姊深吐一口氣，放鬆身體。

然後用彷彿看開了的堅強聲音說：

「這就是青春啊。」

現在，我們比世界上任何人都還青春。

在遙遠的未來，將來總有一天，當我成為老爺爺時。

會因為懷念而回憶起來的青春時代，肯定就是這時。

終章

終章

那場校慶結束後經過一晚，來到星期一傍晚。

村征學姊的父親大人——梅園麟太郎先生打電話給我。

「你好，我是和泉。」

這個人打電話來從來沒發生過好事。

我保持警戒地問：

「那個……請問有什麼事情？」

『不，沒什麼。只是關於女兒寫好的那部小說，我想把事情的來龍去脈也告訴你——這算是跟你有關吧？』

「……說得也是，麻煩你了。」

千壽村征寫好的戀愛小說新作。

前一天，最先讓我閱讀的那部作品——

結果似乎決定不出版了。

「真虧那個神樂坂小姐肯放棄呢，記得她對這部作品相當執著。」

『是啊，她跟小時候一樣不甘心到差點哭出來喔。可是既然變成那樣了，不管是菖蒲小妹還是我都無可奈何了。』

eromanga sensei

「這怎麼說？」

『那部小說已經不存在於這個世界上了。』

村征學姊親手將它燒燬了——好像是這樣。

我的智慧型手機差點掉到地上。

那個人的行動還是一樣誇張。

可是……

「很有村征學姊的風格呢。的確，既然這樣就無可奈何了。」

『對吧？呵呵呵……這代表這個世界上能把那部小說閱讀到最後的人只有你，和泉小弟。』

喔，會變成那種情況啊。

那部令人畏懼的大傑作已經不存在於這個世界上。

只留存在我的心中。

跟那天的烈火，一起烙印在腦海中。

「難道你是為了問我那部小說是什麼內容而打電話來的嗎？」

『就算向別人問劇情大綱，也不算是閱讀過吧。』

「說得也是……那個，請問學姊她怎麼樣了？」

『哦？自己甩了人，還會在意嗎？』

…………………

看來關於這件事情的經過，他有某種程度的了解。

「是的，我當然會在意，畢竟是我最喜歡的學姊——有什麼意見嗎？」

『當然沒有——她鬧脾氣哭累了就睡了，還很猛烈地遷怒到家人身上，非常給人添麻煩。』

他的聲音疲累至極。

『我為了安慰女兒，提昇身為父親的評價，就對她這麼說——』

小花，妳聽好。學生時代的男女朋友都會馬上就分手，所以沒問題啦。

不過我第一次是跟青梅竹馬的女孩子交往，然後就這麼結婚了。

哪裡沒問題了啊。

根本是初戀完美開花結果的實際案例。

『結果她就「嗚哇啊啊啊！爸爸是笨蛋！到旁邊去啦！」——這樣哭喊，這都是你的錯。』

「這也太不會講話了吧！……你真的是大作家嗎？」

『就算會寫小說，也很難從自己的嘴巴裡講出什麼好台詞來啊。』

他感嘆地說。

我越來越覺得真的是這樣。

如果我至少能像輕小說主角一樣，講出更動聽的台詞。

在各方面應該可以更順利吧。

不過，不管走到哪裡，我就是我，思考這種事情也沒意義。

『我可以斷言，我女兒會馬上振作起來，並且開始行動。』

「這我知道啦。」

那就是千壽村征。

『給你個忠告，我也不知道——她下次會做什麼喔。』

「這我知道啦。」

那就是名叫梅園花的女孩子。

『你別以為這樣就結束了。我想應該還會給你添不少麻煩——不過，拜託你了。』

「就交給我吧。」

因為我最喜歡那個人了。

『那麼，我要說的就是這件事——啊，對了，和泉小弟，我還有一件事想問你。』

「什麼事？」

『感想如何？』

「————」

我笑著回答：

「那是世界上最有趣，最棒的青春小說。」

後記

我是伏見つかさ。

非常感謝各位購買情色漫畫老師第十集。

這集的封面是身穿制服的村征。因為手指頭的傷已經好了，於是把繃帶拿下來了。不知道大家是否有發現呢？我認為這是一張十分符合內容的可愛插畫！

然後……明明距離第九集發售相隔一年以上，感謝各位卻不離不棄地閱讀。原稿雖然在二〇一七年中就已經寫好，卻因為好幾項理由而延遲出版時間。讓讀者們等這麼久，非常抱歉。

現在能像這樣迎接發售日的到來，都是多虧大家堅持不懈的打氣。這本相隔一年的新刊，希望大家看得開心。

關於情色漫畫老師的ＯＶＡ。

腳本終於在前陣子完成了。

可愛女主角們的活躍當然不用多說，還加了由竹下導演提議，會讓各位大吃一驚的點子，絕對會是一部有趣的動畫。還請大家期待後續消息！

接著是漫畫相關的通知。

山田妖精的外傳漫畫——

《情色漫畫老師　山田妖精大老師的純情戀愛飯》（暫譯）在電擊大王開始連載了。

作畫是優木すず老師，會在七月二十七日發售的電擊大王九月號刊載第一話（註：此為日本方面），還請各位務必閱讀看看。

然後漫畫版情色漫畫老師第七集在六月九日發售了（註：此為日本方面）。

請注意這本書的作者近照！

NICONICO動畫伏見つかさ頻道迎來了一週年。

至今為止觀看的各位，謝謝你們！

現在有各式各樣的企畫逐漸開始正式起步，會有新情報的發表等活動，我想今後會變得更加熱鬧。過去的影片也還可以觀看，方便的話還請大家登錄看看。

（https://ch.nicovideo.jp/tsukasa-fushimi）

關於《我的妹妹哪有這麼可愛！if》。

現在已經把綾瀨篇的上集初稿寫完了。

後記

雖然發售時期未定，但是等塞滿的工作解決掉後就會開始進行！

關於情色漫畫老師第十一集。
接續本書的第十一集應該會在最近公開發售日。
當大家閱讀到這本第十集時，我想應該已經寫好了（註：此為日本方面）。

關於Engage Princess。
我在二〇一七年參與製作的網頁遊戲公開了。
標題名稱是《Engage Princess～沉睡的公主與夢境的魔法師～》（暫譯）
我負責的是主線故事與大約二十名的角色任務。
當然也會有許多不是我負責的女主角登場。
從提出並執行本企畫的幕後黑手——三木一馬先生那邊接到以「想要在社群遊戲上閱讀到大分量的戀愛喜劇小說。」的基礎為概念的委託，世界觀設定是由經手過《自由戰爭》、《噬神者》等作品的保井俊之製作人創作，對我而言是包含大前輩們在內的電擊文庫作家群撰寫的角色任務……雖然感到緊張，但也製作得很愉快（然後是不斷感到惶恐至極的監修作業）。
在此特別感謝負責一部分支線故事與主線故事的藤浪智之老師與白川嘘一郎老師。
在這優秀的製作團隊之中，我想自己該完成的職責是「創作出超可愛的女主角」。因此我在

這點上竭盡全力，有かんざきひろ先生的插畫、三澤紗千香小姐與日高里菜小姐的聲音力量，應該成了無敵的女主角才對。

請大家務必玩看看。

二〇一八年現在正在接受事前登錄（註：此為日本方面）。

（http://engageprincess.nicovideo.jp/）

其實還有很多無法寫出來的通知。

其中也有讀過《情色漫畫老師》和《我的妹妹哪有這麼可愛！》的各位讀者們，一定會感到開心的消息。還請大家抱持著期待等著。

雖然在第九集的後記裡，我寫過「直到情色漫畫老師第十集的發售日發表為止，我發誓會繼續全力向前衝刺」這樣的話——

但我會繼續全力衝刺，努力下去！

二〇一八年五月　伏見つかさ

國家圖書館出版品預行編目資料

情色漫畫老師. 10, 千壽村征與戀愛的校慶 / 伏見つかさ作 ; 蔡環宇譯. -- 初版. -- 臺北市 : 臺灣角川, 2019.04

面； 公分

譯自 : エロマンガ先生. 10, 千寿ムラマサと恋の文化祭

ISBN 978-957-564-846-6(平裝)

861.57　　　108001915

Kadokawa
Fantastic
Novels

情色漫畫老師 10

千壽村征與戀愛的校慶

（原著名：エロマンガ先生 10 千寿ムラマサと恋の文化祭）

2019年4月10日　初版第1刷發行

作　者：伏見つかさ
插　畫：かんざきひろ
日版設計：伸童舍
譯　者：蔡環宇

發行人：岩崎剛人
總經理：楊淑媄
資深總監：許嘉鴻
總編輯：蔡佩芬
編　輯：陳凱筠
設計指導：陳晞叡
印　務：李明修（主任）、黎宇凡、潘尚琪

發行所：台灣角川股份有限公司
地　址：105台北市光復北路11巷44號5樓
電　話：（02）2747-2433
傳　真：（02）2747-2558
網　址：http://www.kadokawa.com.tw
劃撥帳戶：台灣角川股份有限公司
劃撥帳號：19487412
法律顧問：有澤法律事務所
製　版：尚騰印刷事業有限公司
ＩＳＢＮ：978-957-564-846-6
